L'ARMOIRE DE VIES

ANNE BROCHET

L'ARMOIRE DE VIES

ALBIN MICHEL

Ce livre est publié sous la direction de Martine Saada.

Pour Yvonne et Ely.

En sortant de ma chambre, tout de suite à gauche : la salle d'eau. Devant le bac de douche, à ma droite : le lavabo. Juste au-dessus : l'armoire de toilette avec sa porte-miroir. Peut-être ai-je trois ans. J'ai les yeux à hauteur du lavabo. Je ne vois pas mon visage dans la glace. Le connaître ne m'intéresse pas. Ce que je veux, c'est accéder aux objets : comme ce gobelet contenant un bouquet de quatre brosses à dents, dont la mienne, ainsi que celles de mes parents et de mon grand frère Étienne. Papa en a une plus foncée, elle est en poils de sanglier. Je reconnais celle de maman car elle se frotte les dents si énergiquement que les poils sont déformés et quand elle se rince la bouche, je vois, toujours à hauteur du lavabo, une eau rosée filer dans la bonde. Le godet familial est en plastique blanc imprimé d'une fleur de bleuet. Je me souviens qu'en me glissant entre le lavabo et le porte-serviettes, je peux l'attraper.

Maman affirmait qu'avec un seul remplissage d'eau dans la timbale on pouvait mouiller la brosse, étaler la pâte dentaire, se laver les dents, se rincer la bouche et même nettoyer le surplus laissé sur les poils. Maman avait beaucoup d'astuces pour économiser l'eau, comme la faire bouillir avant de la verser dans la bassine à vaisselle et y laisser tremper tout ce qui avait servi au repas puis le passer à l'éponge sans mettre de gants, obscur plaisir de maman. Autre recette, pour prendre une douche sans gaspiller, méthode similaire à la vaisselle : se mouiller le corps, couper les robinets, le savonner longuement et ensuite le rincer, ni trop vite, ni trop lentement. Chanter dans les jets de la pomme de douche n'était pas du goût de maman.

Après sa toilette, papa remplit le verre à dents et me l'apporte dans ma chambre, comme je lui en fais la demande, à peu près chaque soir. Tant que je n'ai pas bu, je suis inquiète et j'ai peur de m'endormir. L'arôme de l'eau fluorée me plonge dans les limbes.

Dans l'armoire de toilette : sans doute le dentifrice Signal, le pot bleu foncé Nivea, un savon douche Fa ou de la marque Mammouth puis, quand nous avons déménagé pour un autre secteur de la ville, les produits sanitaires du supermarché Continent. En tête de gondole des souvenirs : le talc et les gouttes pour le nez Klorane bébé, certainement voués à mon petit frère Sébastien qui vient de naître. Je rôde autour de maman et du nourrisson quand elle le change. J'aime les odeurs chaudes et sucrées émanant du petit enfant et aussi celle du résidu jaune et séché sur les coussinets que maman ôte de dessous sa chemise. Un jour, elle me donne le talc au calendula et les gouttes à la bergamote de Sébastien qui a grandi et n'en a plus besoin. Quand j'ai du vague à l'âme, ce malaise dans ma poitrine qui me saisit sans prévenir, je presse le flacon souple au-dessus de mon nez et je vais mieux.

Les toilettes sont au premier étage. Papa, maman et moi dormons au second. La salle d'eau sépare nos chambres respectives. Ce soir, papa a mis trop de temps à m'apporter mon verre d'eau fluorée. Je sors de mon lit et je le vois debout, devant le lavabo. Il a oublié de fermer la porte. Avant qu'il me souffle de filer dans ma chambre, j'ai entrevu une chose effroyable. La même année, ou pas, mais je sais que je suis encore petite, je me baigne dans la mer, sur une plage du nord de la France. Avec la marée montante, des vaguelettes mousseuses galopent autour de moi, vaseuses et sans danger. Des formes gélatineuses s'y mêlent et me dégoûtent. J'en saisis une qui ressemble à cette chose horrible que j'ai aperçue dans la salle de douche : le zizi de papa. Elles sont plus sombres que le sien. Ce sont certainement des zizis venus d'ailleurs et qui ont traversé les océans, flottants et mystérieux comme des algues esseulées.

Parfois, le week-end, nous allons au moulin de mamie, dans le Bassin parisien. Au bout du couloir interminable qui distribue les chambres à coucher, se trouve celle de mes parents. Avec son propre lavabo. Elle fut la chambre de papa quand il était petit garçon. Il y règne une odeur de tabac froid et de savon : le parfum de la protection absolue. Devant le lavabo, je peux maintenant ouvrir les robinets toute seule et œuvrer autour de la vasque. J'observe maman qui apprend à Sébastien comment laver ses dents de lait : doucement, de haut en bas et de bas en haut. Pas du tout ce que fait maman sur ses propres dents. Tout en sentant sous ma langue mes canines pointer leurs crêtes, je convoite la brosse en soie de Sébastien, qui est à l'effigie de Babar. J'ai trois ans et demi de plus que mon petit frère et je me sens déjà vieille. Je veux rester petite et nettoyer mes dents en douceur. Mes frères dorment ensemble et moi, toute seule, mais heureusement dans une chambre collée à celle de mes parents. Autre autorisation du samedi soir, après celle d'avoir eu le droit de regarder la télévision en couleur de mamie : rendre visite à mes parents au moment de leur coucher. Je vais y prendre des forces pour ma nuit solitaire. Je ferai cela jusque tard dans ma vie : aller voir mes parents quand ils s'apprêtent à dormir. Maman est déjà au lit, avec son cahier de mots croisés. Papa applique la crème épaisse Nivea sur ses jambes et sur ses mains. Je m'assois au bord de leur lit, je bavarde et plaisante avec eux. Au plus intime de mes parents. Au plus proche du réconfort vital.

À l'opposé de la chambre de papa se dresse le royaume de mamie. Je suis à l'intérieur de ses « appartements ». Face aux fenêtres, à gauche : une porte donne sur la salle de bain de mamie. Le carrelage bleu tremblote sous le premier pas quand on y pénètre. Devant moi, la grande vasque en faïence nervurée. Au-dessus, un miroir ciselé. À ma droite, une fenêtre aux vitres granitées qui satisfont le bout de mes doigts quand je les touche. Je vais rarement dans cette alcôve qui est avant tout le royaume de mamie. À ma gauche, la baignoire, profonde et écaillée, de forme ovale et reposant sur des pieds en forme de coquilles Saint-Jacques. Une pierre ponce maintient le clapet de la bonde, sans doute hors service. Un grand flacon élégant en bleu de Murano, ou imitation, repose au bord de la baignoire et contenait une crème épaisse et turquoise : c'était du bain moussant, le nec plus ultra d'une salle de bain. Sur une photo, dans un album de famille, je suis allongée dans la profonde baignoire avec le petit Sébastien. Cela a dû arriver une fois ou deux. Ce n'était pas une habitude de week-end passé chez mamie. Maman ne l'aurait pas approuvé : le bain représentait l'exemple même de l'eau gaspillée, d'une macération du corps bien peu hygiénique, et pire encore : une perte de temps. Ce moment dans la salle de bain de mamie est donc exceptionnel. D'où le cliché pour sacraliser l'évènement. On joue avec la mousse. La photo ravive mon souvenir : je me rappelle qu'elle était froide. Je la porte à ma bouche pour la goûter : c'est comme du vent. Ça ne peut être que papa qui a pris la photo ou alors Étienne. Certainement pas maman qui ne faisait pas de photos. Elle prétendait qu'elle ne savait pas cadrer. « On appuie où ? Je ne vois rien ! » À l'autre extrémité de la baignoire, dans un placard coulissant, est suspendue une grande cape blanche en tissu éponge, au large col en corolle et qui se referme avec deux cordons à pompons : c'est la sortie-de-bain de mamie. Elle s'en drape après avoir émergé de son long bain oisif. Je me souviens d'un porte-savon en forme de crocodile sur le dos, caoutchouc vert pour les écailles et jaune pour son ventre incurvé. Il a l'air gourmand, toujours prêt à contenir une barre de savon. Il repose dans une niche murale le long de la cuve en émail. Je fais un vœu : quand je serai grande, j'aurai une baignoire. Le crocodile en caoutchouc est le premier objet que je souhaite avoir en héritage si mamie meurt un jour.

Tout en détaillant les dessins dans mes livres illustrés, j'aime toucher, avec la pulpe de mon pouce, le bout de mes incisives qui ont fini leur croissance. J'étudie les poses de mes héroïnes : une petite fille sourit devant un magasin d'animaux, la bouche en cœur et les mains jointes. Allongée sur le ventre tout en vérifiant son étoile de mer dans les cheveux, la Petite Sirène écoute sa grand-mère avec affection. Une autre héroïne de la vie de tous les jours observe un escargot, l'air attendrie, le menton sur les genoux. Une pauvre et très gentille petite fille dort sur sa paillasse, le coude replié sous sa joue, ce qui est une position difficile à exécuter mais je m'y applique plusieurs soirs de suite pour être moi aussi très gentille et ainsi m'endormir facilement. Une enfant se brosse les dents devant son armoire de toilette. Un ours en peluche, assis sur une chaise haute, lui tient compagnie, les bras raides et tendus. L'enfant est ravie de faire sa toilette et surtout d'avoir un bon copain dans la salle de bain. Chaque soir, sur une courte période et pour imiter l'image parfaite, je déplace le tabouret bas et lourd de ma chambre à coucher jusque dans la salle d'eau et j'y fais trôner un grand chien en crochet, tricoté par mamie, aux pattes à peine rigides.

J'ai demandé à maman de me faire deux tresses et j'ai noué par en dessous un foulard de soie que m'a donné mamie pour copier le fin sourire de Lili dans *Lili et le jeune Gitan*. Le tissu glisse, je peste. Maman, qui a toujours une solution pour tout, le fixe à l'aide de pinces rangées dans un tiroir de l'armoire. J'aime reproduire la bienveillance de mes modèles mais aussi leur assurance : elles me donnent du courage et m'indiquent une façon d'être bien dans ma vie.

Maman et papa sont professeurs de collège. Maman enseigne les sciences naturelles et physiques ; papa, le français et l'histoire-géographie. Un matin, maman bâille et soupire : « Vivement ce soir qu'on se couche » tout en me faisant les tresses de Lili. Je sombre dans une mélancolie qui d'ordinaire me tombe dessus à quatorze heures, à la reprise des cours. Pour contrer ce cafard et dans un élan vital, je sais, ce matin-là, que lorsque je serai grande je n'aurai pas seulement une baignoire et le crocodile en caoutchouc mais aussi un métier qui ne me fera jamais dire : « Vivement ce soir qu'on se couche. » Jamais.

Maman porte son chignon haut sur la tête. Elle l'épaissit et le fortifie avec un coussinet synthétique et spongieux très agréable à presser sous les doigts, surtout le mercredi après-midi quand je traîne et que je vais fouiller dans l'armoire de toilette pour me divertir. Le matériel de coiffure est rangé dans le tiroir de gauche. Rassemblées dans un élastique à crochet, on trouve également, dans ce fagot, des pinces qui sentent légèrement la ferraille et qui plaquent les mèches rebelles – ou les foulards de soie – contre la tempe : elles sont classiques, sans embouts, couleur châtain clair pour maman et châtain foncé pour moi. Elles piquent le bout des doigts quand on les écarte. Les ouvrir, puis les glisser contre la tempe tout en maintenant les cheveux à plat avec l'index de la main opposée est un exercice précis. Épingles « fantaisie » pour moi, avec embouts, motifs flamants roses et hirondelles bleu clair, offertes par mamie. Je ne les porte pas pour aller à l'école car j'ai peur de les perdre.

Chaque matin, après s'être occupée de tout le monde, maman finalise son chignon avec la laque Elnett. Son parfum chaud et chimique se répand dans toute la maison et nous signale le top départ olfactif pour l'école. J'appréhende déjà mon cafard de quatorze heures, chaque jour d'école. Il vient me serrer la gorge, me donner la sensation d'une dégringolade dans mon cerveau et me fait perdre le sens de ma présence au monde.

Dans une boîte métallique posée sur le dessus de l'armoire de toilette – couvercle vert kaki, scène de pâtre avec sa vache à côté d'une roue à eau –, j'atteins, grâce au tabouret instable – papa doit toujours remettre l'embout disparu –, des boules de coton roses et bleues pas pratiques du tout pour tapoter au Mercurochrome mes écorchures aux genoux. L'antiseptique rouge tache le bout des doigts et met des jours à disparaître. Maman utilise les mêmes cotons colorés pour les imbiber d'éther et endormir à jamais la souris enfermée dans un bocal. Elle reproduit ce geste tous les mardis soir, avant d'aller se coucher, afin que la petite bête soit bien morte pour son cours du mercredi matin : disséquer une souris pour en observer les entrailles.

Nous rendons visite à mon grand-père maternel chaque dernière semaine du mois de juillet. Tout au bout d'un couloir sombre qui sent le crésyl, j'ouvre la porte de gauche avec excitation : une chambre est plongée dans la pénombre. Les volets sont fermés pour préserver la fraîcheur. Des lits jumeaux avec couvre-lits moirés vert pomme, et dans un recoin, un lavabo, caché par un rideau de mousseline safran transparent. Ce voilage pudique et vaporeux, je vais le toucher dès que j'arrive chez mon grand-père pour en vérifier la volupté. Il est le signe du commencement des vraies vacances. Sur l'unique tablette, au-dessus de la vasque, un savon Palmolive tout neuf sur son support métallique. Le parfum a embaumé la chambre. Réconfort encore, dans une maison pourtant peu accueillante, comme si l'arôme chaleureux absorbait toutes les tensions, tous les non-dits familiaux. Joie profonde de dégager l'étoffe légère et de saisir le rectangle gras comme s'il était lui-même un gros câlin, un gros baiser d'amour de mon grand-père. C'était un homme déçu et sévère. Son regard bleu perçant exprimait une intensité et une émotion contenues. Je lui écrivais une fois par an pour le remercier des étrennes qu'il m'envoyait par courrier postal. Je n'aimais guère sa présence, encore moins celle de sa femme, qui faisait cependant de très bonnes confitures d'abricots et que maman nous interdisait d'appeler mamie. Le soir, après avoir ouvert comme tous les ans l'album de Tintin *L'Étoile mystérieuse*, dans la chambre aux couvre-lits chatoyants, après avoir été une nouvelle fois fascinée et effrayée par les premières pages d'apocalypse – des gens dégoulinants de sueur observent avec effroi un ciel nocturne –, je monte me rassurer auprès de mes parents, dans leur chambre sous les toits, étouffante en journée mais qui se rafraîchit avec la nuit. On écoute les grillons des bosquets ainsi que mon grand-père et sa femme qui parlent sans interruption dans leur chambre, juste au-dessous de nous. Nous ne distinguons ni leurs mots, ni leur humeur. Nous rions sous cape. Papa et maman ont un lavabo dans leur chambre ainsi que le très doux Palmolive. Malgré les difficultés du bref séjour, toujours tendu car on ne faisait jamais rien comme il fallait, j'avais hâte d'aller chez mon grand-père. C'était le mois des journées sans fin, des cricris invisibles, des tours à vélo avec Étienne et papa, le ronron de la dynamo contre les roues des bicyclettes, le parfum de la résine récoltée sur les pins écorchés envahissant l'atmosphère tandis que montait la lune.

C'est ma dernière année à l'école primaire, ce qui me broie le ventre, je suis angoissée de grandir encore. Je m'offre un lapin nain. Avec toutes les économies de ma tirelire. Ou bien c'est maman qui a été ma complice. Je ne sais plus. Certainement pas papa, qui refuse la présence de tout animal domestique. C'est une petite bête qui me tient compagnie dans ma chambre. Il devrait lui en savoir gré car il n'a plus besoin de m'apporter mon verre d'eau fluoré. Papa a acheté un 33 tours qu'il met très souvent sur le tourne-disque. Un homme chante que le temps passe vite et qu'hier il était encore enfant. Je me souviens précisément que je trouvais qu'il exagérait tout en étant rassurée d'appartenir encore au monde qu'il évoquait et regrettait.

Dans une des pochettes de la table à langer de mes poupées, j'ai rangé le flacon de gouttes pour le nez de Sébastien quand il était nourrisson. Le sérum a macéré et son essence de bergamote est encore plus prégnante. Comme mon lapin nain éternue beaucoup sur le balcon de notre maison, je l'allonge sur la table de change et lui maintiens fermement le museau pour lui appliquer ses gouttes. Quand j'aurai des enfants, je couvrirai leur peau de talc comme je le fais sur la fourrure de mon lapin qui sent si bon et qui éternue d'autant plus. Mais je m'inquiète : les gouttes et le talc existeront-ils toujours quand je serai une maman ?

À la rentrée scolaire de mes douze ans, maman sera ma professeure de sciences. Ça ne me plaît pas du tout. Je ne souhaite à personne d'avoir son père ou sa mère sur l'estrade qui rend votre copie notée et corrigée comme à tous les autres élèves. Maman a arrêté les dissections. Elle apporte des champignons et des fougères dont nous étudions la reproduction et que je ramasse avec elle le dimanche dans les bois. Maman est allée chez Yves Rocher au centre commercial Mammouth et m'a rapporté un anticerne à la mandarine. C'est un petit stick en forme de rouge à lèvres, beige clair et pâteux, que j'applique sous mes yeux. Les camarades de classe se moquent de mes « valoches ». Je ne veux plus me faire chambrer. Déjà que maman enseigne dans ma classe, je n'ai pas besoin d'accentuer mon sentiment d'exclusion. Face au miroir, je me regarde par en dessous pour exacerber la marque violacée sous mes paupières inférieures. Je pleure. Tandis que maman spray son chignon, je tapote le dessous de mes yeux en hoquetant. Une partie de la crème reste sur la pulpe de mon index. Le premier intérêt que je porte à mon visage est de constater le signe de mes nuits trop courtes.

Pour ma profession de foi, je reçois ma première eau de toilette, encore à la mandarine, et toujours Yves Rocher. C'est une bouteille au verre satiné et dépoli que je fais crisser sur mes ongles pour me donner des frissons dans la nuque. Elle est rangée entre le déodorant à bille sans parfum et la laque de maman.

Nous avons la télévision mais toujours pas le téléphone. Mes frères et moi sommes fanatiques des spots publicitaires. Si l'un de nous risque de manquer les quelques minutes qui leur sont dédiées, quelqu'un se dévoue pour courir jusqu'au bas de l'escalier et bramer à l'absent : « Les pubs !!!!!! » On dévale les marches au plus vite en entendant la musique de l'introduction, « Aaaaaah doubdoubdoubdoubdoub ». C'est l'instant de la Connaissance. Une pomme rouge nous entraîne dans le savoir des produits salutaires. Mes frères et moi nous installons devant l'écran. Tout nous inspire ou nous fait rire, ou les deux à la fois. Jamais une publicité n'est vaine, aucune ne nous est indifférente. Il y a toujours une phrase à retenir, un geste à répéter. Devant le miroir de la salle de douche, Sébastien et moi imitons la publicité pour les peaux acnéiques : elle est notre favorite du moment. Le spot raconte l'histoire d'un jeune homme qui s'essuie le visage devant son armoire de toilette, il est enjoué et amoureux. Sa voix intérieure se fait entendre : « Je l'aime bien Marlène, quand je la verrai, je lui dirai… je lui dirai… (il se tapote les joues, très satisfait, puis son sourire se décompose tandis qu'il se penche vers son reflet)… oh la la je ne lui dirai rien du tout, quelle catastrophe ma peau ! » On sonne à la porte. Ça doit être Marlène qui passe le chercher pour aller à l'école ! Le garçon ne veut pas que Marlène constate les dégâts de la puberté sur sa peau. Effrayé, il crie dans sa tête : « Je ne suis pas là !!!! » Image figée, avec quelques rougeurs sur le front, les yeux hagards et fuyants comme ceux des cerfs encerclés par une meute de chiens sur les tableaux de chasse à courre. Sébastien et moi imitons le regard éperdu du garçon amoureux et acnéique. « Ch'suis pas là !!!!! » fuse plusieurs fois par jour et nous amuse beaucoup. Étienne ne peut pas trop rire avec nous de cette infortune dont nous nous croyons protégés. Maman lui a acheté l'Eau

Précieuse que j'utilise également, d'abord pour son nom raffiné, ensuite parce que j'apprécie le granuleux opaque du grand flacon de verre : c'est un bel effort de présentation. Donc pas le produit aux mérites vantés à la télévision. La sentence de maman est irrévocable : c'est inutilement chimique.

Les week-ends passés chez mamie commencent par l'ouverture du magazine *Jour de France*, posé à côté de son fauteuil dans le salon. Je cherche toujours des modèles de vie. C'est dans ce journal que je découvre une mannequin asiatique à la frange droite, lisse et légère, mais remontant en arrondi de part et d'autre de son front. Avec des ciseaux à lames courbes, je tente de reproduire l'image. Hélas, mes deux épis ont rebiqué d'autant plus avec ma coupe dite « asiatique ». Je peste, j'enrage contre mes parents qui m'infligent la frange à deux épis, alors qu'il était si logique de la laisser pousser ! Mais non, ça ne leur est pas venu à l'esprit. Maman porte une frange, alors j'en ai une moi aussi, saugrenue et charmante parce qu'enfantine. On me dit régulièrement que je suis le portrait de ma mère et la facilité avec laquelle on m'associe à elle m'agace autant que cette éventuelle ressemblance. Maman a la délicatesse d'acheter un fer chauffant afin que je garde la frange, comme elle, tout en la personnalisant. Face à la glace de la salle d'eau, je maintiens longuement la barre brûlante : résultat tragique sur les épis dont la courbe s'est intensifiée avec l'intervention, sous la forme de deux rebiquettes incongrues. Je jalouse la petite fille de mon feuilleton télévisuel du moment : *La Pierre blanche*. Au cours du générique, l'enfant, muette, passe un caillou autour de sa bouche. Sa frange blonde fait ressortir ses grands yeux bleus. La mienne est un affront au petit galet blanc que j'ai trouvé sur la plage pour imiter, devant la glace, le regard insondable de l'enfant.

Comme maman a la hantise de l'oisiveté, nos activités sont multiples. Au club d'athlétisme dont je fais partie, Marianne porte la frange et des couettes courtes qui lui donnent une allure encore plus tonique mais aussi plus mutine, d'autant qu'elle est anciennement parisienne, ce qui doit bien aider pour avoir confiance en soi. Maman refuse la coupe au carré que je lui demande pour raccourcir mes longues couettes et ressembler plus à Marianne et moins à un cocker. Un mercredi après-midi, je vais chez le coiffeur avec mes économies, sans doute les étrennes de papi. Je me rappelle être retournée à la maison le cœur battant, excitée et anxieuse. Je veux surprendre maman. Elle ouvre la porte d'entrée, découvre ma coupe au carré.

– Tu t'es gâchée ! s'exclame-t-elle.

Devant le miroir, je tente les couettes courtes pour être tonique comme Marianne mais la coupe fait ressortir mon nez d'adolescente : je me suis effectivement gâchée. Je pose mon deuxième acte d'émancipation : n'en déplaise à maman, je laisserai pousser ma frange. Mois après mois, je maintiens les mèches anciennement frontales sur les côtés, grâce à mes barrettes flamants roses. Je m'éloigne du portrait de ma mère.

À la télévision, je ne rate pas un épisode du feuilleton *Les Dames de la côte*. Interdiction à quiconque de faire du bruit ou de me parler. Je ne comprends pas ce qu'il se passe en moi. Tout me traverse : la guerre 14-18, l'amour déçu, le baiser ardent, le désir insatisfait, le corps confus et hésitant, la peur de perdre la vie et l'envie de mourir. Je deviens ces hommes et ces femmes, jeunes et vieux. J'éprouve leurs chagrins, leurs rires fous. Je veux être cette cocotte insolente et volage mais amoureuse à s'en avilir jusqu'à en mourir. Je pleure d'une excitation incompréhensible à moi-même. Je veux être aussi mal aimée et aussi cruelle que le jeune marié, tendre et maladroite comme le veuf. Je serai une vieille dame souriante qui joue aux cartes avec désinvolture. Je suis amoureuse d'un homme qui pourrait être mon grand-père et je ne comprends vraiment pas pourquoi, et l'héroïne principale non plus, possédée par des émotions violentes et contradictoires dès qu'elle le voit. J'épouse tous les personnages. Je les épouse dans ma chair. Je veux être eux, dans un monde où la gaîté se mêle parfaitement au tourment, le froufrou à la souffrance, le tango aux blessures de guerre. Mes modèles se font de plus en plus nombreux, femmes et hommes s'entremêlent, je ne sais que choisir. Dans ma chambre, je passe en boucle la chanson « Je t'aime… Moi non plus », que j'ai trouvée dans le rangement à disques de papa et maman. Une voix cristalline soupire beaucoup car le chanteur à la tessiture suave lui a répété qu'elle était une vague irrésolue. Je dois réécouter la chanson, en sourdine, pour bien comprendre de quoi il est question. Sur la platine du salon, une autre voix masculine se lamente dans toute la maison et jusque sous la porte de ma chambre qu'avec le temps, va, tout s'en va.

Mes quatorze ans coïncident avec la vente du moulin de mamie, une habitation devenue bien trop grande pour elle. Ses enfants héritent de leur « part », grâce à laquelle papa et maman nous font quitter, enfants grincheux, une maison à trois étages en béton pour une autre maison à trois étages, cette fois-ci en briques. Ils sont devenus propriétaires.

Notre première habitation donnait sur une église. Elle était notre théâtre quotidien, notre cinéma en plein air. Avec sa façade évoquant celle d'un temple romain, nous avions un péplum rien que pour nous. Cachés derrière le voilage du salon, nous observions tous les évènements, du parvis jusqu'en haut des marches. Quand les airs des grandes orgues faisaient vibrer nos fenêtres, annonçant l'ouverture grandiose du porche central, nous rappliquions derrière les rideaux délicieusement empestés par l'odeur de tabac froid des Gauloises de papa. Tout était sujet à commentaires et à fous rires : baptêmes, enterrements, mariages, messe du dimanche matin, vêpres. Nous étions de service pour animer la chorale durant l'office du dimanche matin, afin, je le suppose maintenant, de laisser nos parents tranquilles ne serait-ce que pour une heure rien qu'à eux, de dix heures à onze heures. Je n'ai aucun souvenir d'eux à la messe avec nous, sauf pour les grandes occasions. Sitôt l'office terminé, nous traversions la rue au plus vite pour retourner à notre poste d'espionnage et étudier les fidèles arrivant pour la messe de onze heures, ceux qui avaient fait la grasse matinée, ceux qui allaient déjeuner tard : la « bourgeoisie » du quartier. Le dimanche matin, c'était le jour de la rigolade dans la chorale puis derrière les voilages : nous nous rassemblions tout aussi joyeusement que devant l'écran de télévision. Dans notre nouvelle maison de briques, les fenêtres font face à d'autres maisons de briques. Puisque nous sommes devenus des enfants taciturnes, ça ne dérange en rien nos nouvelles humeurs.

Mais miracle au premier étage ! De quoi nous enthousiasmer un peu : une pièce étroite et tout en longueur – qui fut un long couloir, un vestibule, ou bien encore un débarras – a été transformée… en salle de bain ! Le corps plaqué au mur, il suffit de longer la baignoire pour accéder au bidet, au lavabo, puis à la cuvette des WC. Elle est du même émail bleu ciel que les autres éléments et posée tout près de la fenêtre donnant sur la rue de briques. Papa y colle un adhésif imitation vitrail, sans doute pour rendre hommage à l'église disparue de notre champ de vision. Au-dessus du lavabo, un autre prodige : une armoire de toilette à trois faces. J'éprouve un vif sentiment d'ascension sociale, d'autant que nous allons bientôt avoir le téléphone.

Maman ordonne son coin rien qu'à elle : poudre bleue pour les yeux, celle qu'elle met pour les évènements exceptionnels, ainsi que le blush rose foncé et son pinceau court. Sur les photographies familiales où elle figure, je reconnais nettement le bleu à paupières du tiroir de droite, ainsi que le fard à joues, à peine étalé sur ses pommettes saillantes et qui lui donne un air de poulbot. Rouge à lèvres couleur rose irisé, toujours pour les grandes occasions. J'aime humer le tube qui me rappelle celui de mamie, dans son sac à main, le seul sac que j'aie jamais fouillé, surtout quand je l'accompagnais à la messe sans mes frères et que je trouvais le temps long à ne pas pouvoir jouer du coude avec eux. J'avais la permission d'ouvrir son sac de cuir noir imitation crocodile et d'y fourrer mon nez. Je reniflais la poudre de riz, le rouge à lèvres, le mouchoir toujours repassé qui avait pris, malgré sa base « lavande », l'odeur du cuir de ses gants noirs. Je tournais les pages plastifiées de son mini album-souvenir que je connaissais par cœur et à l'intérieur duquel étaient rassemblés ses enfants, ses petits-enfants, son mari et son moulin en fleurs.

Face à la glace centrale, en ramenant vers moi les deux miroirs latéraux, je découvre mes profils simultanément. Je les observe souvent, surtout le mercredi après-midi quand je m'ennuie. Je constate que j'ai un côté doux, et l'autre plus sévère, et c'est aussi les impressions que je renvoie aux autres : gentille aussi bien que revêche. Je tente d'en analyser les raisons :

mon oreille gauche est arrondie au sommet, celle de droite est pointue. La bosse de mon nez est légère à gauche et plus marquée à droite, mon sourcil gauche plus horizontal, celui de droite tombe un peu et éteint légèrement le regard.

La frange disparue, on me dit encore que je suis le portrait de ma mère mais je veux être unique. Je suis contre le patrimoine génétique extérieur et intérieur que maman, férue de sciences, n'a de cesse d'affirmer. Je voudrais ressembler à papa car je le trouve plus exotique. Il a les cheveux noirs, les yeux marron et sa peau bronze très vite, contrairement à celle de maman qui rougit, cloque et pèle à toutes les vacances d'été. La légende dit que ma trisaïeule paternelle fut déposée, nourrisson, au pied d'un presbytère avec quelques pesetas le jour du départ d'un camp de bohémiens. Papa est rieur et il siffle beaucoup. Aurait-il du sang gitan dans les veines ? Maman sait rire volontiers aux blagues de papa mais son caractère est plus rugueux. Je lis mes deux profils autrement : celui de gauche serait empreint de la juvénilité de papa alors que celui de droite serait marqué par les tourments de maman. La mort de beaucoup de ses aimés la rend parfois bien songeuse. Un jour, elle nous dit, très convaincue, que si la vie après la mort n'existait pas, elle serait partie depuis longtemps. J'en conclus que maman a une forte croyance en l'au-delà. Elle vient tout juste de perdre sa grand-mère, qui était son dernier lien au passé, doté d'une affection manifeste.

Nous l'appelions mémère. Elle était maraîchère. Une fois franchi le hall toujours sombre et qui embaumait la terre battue, on pénétrait dans sa maison. À droite : un évier d'angle. Un escalier conduit à la chambre à coucher. Une cruche et sa bassine en faïence reposent sur une table de toilette en marbre blanc, dite « coiffeuse ». J'aimais m'y asseoir et jouer avec les nécessaires de mémère toujours à portée de main, bien arrangés devant le miroir : une brosse à cheveux, une lime à ongles et son polisseur en bakélite vert tendre, une photo de sa fille enfant tenant un cerceau tout en penchant la tête avec crédulité, une autre de mémère jeune femme posant de dos, le visage tourné vers l'objectif, légèrement souriante, les coudes repliés sur une sellette, les mains croisées sur la joue, ses cheveux dévalant jusqu'à l'arrière des genoux. Sur une autre photo jaunie : son mariage avec Denis. Se polir les ongles en position assise tout en fixant rêveusement tantôt les visages aimés et encadrés, tantôt le sien dans le miroir, a-t-on besoin de plus pour un moment rien qu'à soi ? Contrairement à celui, contemporain et efficace, qui consiste à se tenir droit sur ses jambes tout en farfouillant autour d'un lavabo. Mémère n'en a jamais eu, pas même une douche. Elle s'asseyait et prenait son temps. La dernière fois que je l'ai vue, c'était à l'hospice, dans une salle-dortoir. On vient de lui couper les cheveux dans la nuque. Agrippée au rebord du lavabo, au bout de son lit, elle tient de l'autre main une serviette éponge contre son torse. Maman lui lave le dos au gant de toilette. Je vois son reflet dans la glace. Mémère ne s'y regarde pas. Elle est toute au soin, à la caresse que lui apporte sa petite-fille. Très vite après, elle quitte notre cercle familial et terrestre.

Il n'y avait, hélas, pas de place dans ma nouvelle chambre pour accueillir la coiffeuse au marbre blanc. J'ai hérité de la cruche de toilette ainsi que de la vasque. Je les ai posées sur une étagère, en me promettant qu'un jour je ferais ma toilette comme mémère. Un dimanche matin. En prenant mon temps. Je ne vais plus à la messe. Mais je n'ai jamais versé de l'eau chaude dans la bassine en porcelaine décorée de chardons bleus et d'hirondelles. Je n'ai jamais fait ma toilette comme dans la vie de mémère. Je n'ai jamais reproduit ses gestes. Pour me souvenir d'elle, je garde son polisseur à ongles, dont la peau de chamois est très usée, ainsi qu'un long peigne en forme de U qui devait certainement maintenir sa longue chevelure en un chignon mou.

Une question me reste sans réponse : peut-on acquérir malgré soi le chromosome de la mélancolie ? Ai-je, dans mon ADN, la peur d'aller me coucher et de m'endormir qui se serait déclenchée dans le corps de ma trisaïeule, le bébé abandonné ? A-t-elle été déposée sur les marches d'une église à quatorze heures, d'où mon cafard presque quotidien quand le soleil atteint son zénith ? Derrière la porte de la salle de bain-couloir est suspendue la petite armoire carrée de notre ancienne maison. Elle est devenue le meuble de rangement des produits pharmaceutiques. Mon rituel du mercredi après-midi quand je m'ennuie : mettre le nez dans le flacon d'éther qui ne sert plus à tuer les souris mais qu'on garde quand même au cas où, et c'est très bien ainsi quand on a en soi un vague à l'âme dont on ne sait pas quoi faire. Inhaler plusieurs fois afin d'étourdir la petite bête intérieure, puis longer la baignoire pour aller jouer avec les miroirs. En les ouvrant lentement, je démultiplie mon visage comme dans un palais des glaces. Je me vois à l'infini et cela peut m'occuper longtemps.

Nouvel évènement de félicité : dans l'armoire, maman a rangé un tube de dentifrice Tonigencyl encore dans son emballage. C'est certainement une erreur de papa qui ne suit pas à la lettre la liste de courses rédigée par maman. Grâce à son étourderie, je peux jouer avec mes frères à reconstituer notre publicité favorite du moment. Elle met en scène deux scaphandriers qui viennent tout juste de sortir de l'eau. L'un d'eux retire son masque mais on ne sait pas trop s'il vient d'être aidé ou non par son coéquipier aux tempes grisonnantes. Le démarrage de l'histoire est confus. En signe de reconnaissance virile, il pose vite fait une main sur l'épaule du copain plus âgé et marche avec la détermination de sa jeunesse vers un sandwich tout frais qui l'attend. Une vive peine s'empare de lui au moment où il croque dans la baguette croustillante. L'ami qui lui veut du bien l'interroge, très inquiet. Le copain jeune est encore plein d'assurance. Il relativise et dit que ça n'est pas grand-chose puisque c'est juste ses gencives qui sont douloureuses. Le camarade aux cheveux poivre et sel se précipite immédiatement sur une feuille de papier qui traînait sur le bateau pour dessiner avec un crayon gras une dent et les bactéries qui peuvent l'assiéger. Son auditeur voudrait un conseil car le croquis l'a fragilisé. Son libérateur mature, qui est maintenant le dominant de l'histoire, lui conseille du dentifrice pour les gencives. Il lui tend l'emballage cartonné contenant le tube salvateur. Il l'avait déjà sous la main. Il est tellement mûr qu'il avait tout prévu, car c'est l'avantage de l'âge, de savoir anticiper. Les mèches grises encore dégoulinantes d'eau de mer, le vrai maître à bord imite le brossage de ses dents. *Pocop*, *pocop*, fait le dentifrice dans sa boîte. Mes frères et moi avons la vive satisfaction de reproduire, dans notre propre foyer, le slogan phare du moment ainsi que son *pocop*, *pocop* : le nettoyage des dents du plongeur en eaux profondes.

Papa a son compartiment à lui tout seul, derrière le miroir central. Tous les matins, la salle de bain est d'abord occupée par mon père qui se rase. Quelquefois, très rarement, et surtout quand ce sont les vacances, j'ai le droit d'assister au rasage de papa. Avec un frisson d'appréhension, j'en écoute la musique parfaitement rythmée : le crissement râpeux de la lame glissant sur la mousse blanche et compacte ; le glouglou régulier de l'objet tranchant secoué dans l'eau tiède du lavabo rempli au tiers ; le tintement court du métal contre l'émail d'un ancien bol à soupe afin d'éliminer les poils résiduels entre les deux lames. Papa a fini par acheter celles préconisées par l'homme du spot publicitaire, et j'éprouve une grande fierté qu'il suive des conseils télévisuels, car depuis cette acquisition papa semble plus satisfait : il est rasé de près. Je voudrais, moi aussi, faire mousser, par petits mouvements circulaires d'un blaireau, du savon sur mon visage et sur mon cou, et de mon index dégager mes lèvres, basculer la tête en arrière et faire glisser sur ma peau la lame d'un rasoir jetable, en me gardant bien d'ôter le protège-lame. C'est ce que je fais, une seule fois, et cela me suffit pour savoir ce que ressent un homme.

Le parfum après-rasage de papa annonce que le champ est libre, et hors vacances et jours fériés on se suit à la salle de bain : Étienne, car il va déjà au lycée et part avant nous. Puis c'est mon tour avant celui de Sébastien ; il est plus petit et il a besoin de moins de temps. Maman passe la dernière, comme toujours. On attend avec anxiété que l'odeur de la laque arrive jusque sous nos nez avant d'aller enfiler nos chaussures à la porte d'entrée.

Sous le miroir de gauche, un tiroir est réservé aux objets métalliques et contondants. Une paire de ciseaux courbes pour les ongles – ou pour les franges asiatiques –, une autre à bouts ronds pour les poils du nez de papa, un coupe-ongles avec fermoir de sécurité, une pince à épiler, une autre pour cuticules, dont je découvrirai la fonction bien plus tard car personne ne s'en sert, une crème fortifiante pour les ongles de ma main droite qui doivent être longs et solides. Je prends des cours de guitare classique car papa et maman veulent que nous ayons une activité musicale. Nos deux maisons successives n'ont jamais été suffisamment grandes pour accueillir un piano, mon instrument préféré, et ma conviction d'être une future virtuose n'a pas été suffisamment démonstrative. Pour raviver ma déception, mais aussi pour l'apaiser, s'installent de nouveaux voisins, un couple de pianistes professionnels. Je les écoute travailler inlassablement leurs gammes et leurs partitions, juste de l'autre côté du mur, tout en tirant d'un coup sec et qui me fait monter les larmes aux yeux, les premiers poils apparaissant entre mes sourcils. D'autres ont traversé ma peau, sur les bras et sur les jambes. Je suis envahie. Finies mes fossettes aux poignets ainsi que celles des premières phalanges de la main, petits nids inutiles que j'avais pourtant conservés longtemps et que j'aimais caresser avec affection, reliques de l'enfant que j'avais été.

J'ai découvert un premier poil pubien au collège, pendant la pause aux toilettes, entre une interrogation de mathématiques et un cours d'allemand. Je n'ai pas beaucoup écouté la leçon tant j'étais préoccupée. J'étais déçue par mon corps : il s'était plié à la loi biologique.

Mes premiers mots d'anglais sont « Oil of Olaz ». Avec Étienne, nous reproduisons le geste du doigt passé sur un visage féminin. Dans la publicité, la narratrice confesse avec humilité que les gens autour d'elle lui disent qu'elle ne fait pas son âge, ou bien alors c'est qu'ils sont très gentils. Nous imitons la voix de la femme, si modeste qu'elle n'exprime aucune émotion, ce qui doit être la véritable raison de sa peau lisse. Du bout de ses longs doigts à la manucure parfaite, elle effleure la crème fluide sur ses joues, puis autour de ses lèvres, ainsi que sur ses pommettes. L'onguent rose, dit la publicité, est le bouclier grâce auquel le temps ne laisse pas ses coupures perfides. La femme est très complimentée, non pour sa beauté, mais du fait qu'on ne devine pas son âge. Ce qui pourrait signifier que la beauté n'a rien à voir avec l'âge, et vice versa, et que le véritable défi de la vie, c'est de ne pas faire son âge. Je ne sais pas ce que veut dire Oil, et encore moins Olaz, mais Oilofolaz est le mot magique qui réunit l'humilité et le ravissement. Dès qu'on se croise dans la maison avec Étienne, on se murmure « Ou bien alors les gens sont très gentils ? » tout en passant un doigt gracieux sur nos pommettes. Étienne étudie l'anglais au lycée et prononce le mot Oil d'une manière que je n'arrive pas à reproduire. Plus tard dans sa vie d'homme, il ira s'installer en Amérique.

Associer un mot à un geste de publicité est un jeu bien délicieux. Jamais je n'entamerai un dentifrice neuf sans le secouer dans sa boîte à la manière du scaphandrier de Tonigencyl et ainsi raviver une joie, solitaire et mélancolique : le petit bruit qui amusait tant notre fratrie. De la même manière, j'étalerai les crèmes du bout du doigt comme conseillé par la publicité d'Oilofolaz, avec l'espoir d'une vertu réparatrice grâce à la caresse magique.

Dans notre armoire de toilette, nous avons de plus en plus de produits qui passent à la télé. Quelques-uns restent labellisés du supermarché Delta ou Continent, pour les basiques, comme les brosses à dents et les cotons démaquillants fins comme des hosties, mais c'est pardonnable et quand même un progrès, d'autant que ce sont des disques bien ronds et non plus des boules inutilisables sauf pour asphyxier les petits rongeurs. Papa a même l'après-rasage Brut de Fabergé. Il a offert Calèche à maman, dont elle met quelques gouttes au creux de son cou pour les grandes occasions. Pourtant ses élèves, dont moi-même, aurions nettement préféré une atmosphère olfactive « rose et jasmin » à l'odeur persistante des vesses-de-loup aux spores desséchées et autres champignons qui dominaient la salle de sciences. En haut à droite de l'armoire, dans son petit coin rien qu'à elle, maman garde précieusement un flacon d'Arpège, même s'il est vide depuis bien longtemps. Il est conservé pour sa forme élégante, en souvenir de quelqu'un ou bien de quelque chose. Je ne le saurai jamais. Je ne lui ai jamais demandé. C'est le secret de maman.

Enfin ! J'ai du lait Mixa bébé pour nettoyer mon visage. Il est en vente en grande surface. Il était temps car j'ai déjà quinze ans. J'aspire au lait pour bébé Mustela vendu uniquement en pharmacie. Je l'ai découvert sur les joues de mamie quand nous sommes allés la voir dans son nouveau domicile, au cœur de la petite ville qui l'a vue naître. Mamie retourne en enfance. Dans sa salle de bain, un miroir mural éclairé aux néons, au-dessus d'un double lavabo le long duquel court une large niche pour avoir accès spontanément aux produits élémentaires, notamment le dentifrice Fluocaril qu'on ne trouve lui aussi qu'en pharmacie et qui explique pourquoi mamie a toujours l'haleine fraîche. Quand je vais lui rendre visite, je l'embrasse avec plaisir puis je file m'enfermer dans sa salle de bain. Le radiateur est brûlant et surchauffe la pièce. Une légère torpeur opère en moi sitôt la porte fermée, tandis que je suis déjà tout à mon plaisir d'ouvrir, d'un simple *clic* magnétique, l'armoire-colonne de mamie. Sur un grand et solide carré de coton, certainement acheté en pharmacie, je répands une noisette de lait de toilette Mustela et en caresse mon visage, mon cou, mes mains, mes bras, comme dans un spot publicitaire que j'aurais inventé. Lentement. Avidement. Onctueusement. Malgré la chaleur étouffante, le liquide reste frais. Mamie possède la clé du bien-être : avoir toujours sous la main de la crème pour bébé au parfum de miel et de camomille ainsi que des carrés de coton. Lorsque je serai grande et autonome, je posséderai moi aussi du lait Mustela, que j'achèterai régulièrement pour en avoir toujours en réserve. Et lorsque je serai mère, mon nourrisson et moi sentirons le bébé. Je dirais même que le lait de toilette de mamie me donne envie d'avoir des enfants. De plus, je ne crains pas de vieillir car la peau de mamie, qui a près de quatre-vingts ans, exhale l'enfance et un soupçon d'eau de rose. Un brumisateur décoré de quelques fleurs en bouton est rangé entre la laque et la bouteille de Synthol, juste derrière l'eau de Cologne Mont-Saint-Michel. J'appuie sur le pressoir pour activer un jet, si menu, si raffiné que personne ne peut l'entendre, encore moins mamie. Je ferme les yeux et le nuage de vapeur rejoint mon visage pour m'emporter dans un jardin de roses. J'ouvre les yeux vers le miroir mural : l'effet est spectaculaire. Ma peau est perlée, irisée, presque joufflue, comme celle d'une enfant. Le brumisateur à l'eau de rose s'ajoute à mes vœux de future femme.

Pour rafraîchir mes cheveux qui graissent très vite, surtout au niveau des tempes, sous les barrettes qui maintiennent des mèches mi-longues, vestige de la frange disparue, maman a accepté de m'acheter le shampoing sec séboréducteur aux orties, et à la pharmacie qui plus est. Mes premiers boutons d'acné font irruption. Dans le tiroir préposé au maquillage occasionnel de maman, l'anticerne à la mandarine devient, outre le camouflage de mes cernes du matin, celui des éclosions cutanées ainsi que de celles qui n'étaient pas formées et que j'ai pressées trop tôt. Ne restent sur mon front que des petites bosses rougeottes accentuées par la marque de mes ongles. Je les désinfecte à l'eau parfumée Mandarine, ce qui me plaît beaucoup car le picotement fugace de l'alcool sur ma chair meurtrie me donne des frissons pas désagréables. Comme je lis Charles Baudelaire et que j'ai souligné « cruauté, volupté, sensation identique comme l'extrême chaud et l'extrême froid », je sais très bien de quoi il parle.

Mon corps a établi son cycle, bien malgré moi. Deux boutons reviennent régulièrement, sur le bord interne de mon sourcil gauche et à la droite de la commissure de mes lèvres. Je les guette, ainsi que les points noirs qui semblent apprécier mon menton. Pour éviter les marques d'ongles, j'attaque les envahisseurs avec des feuilles de papier-toilette, dont le distributeur se trouve à gauche du lavabo. Je désinfecte les rougeurs avec un coton-tige imprégné de mon nouveau parfum au muguet Anaïs Anaïs. Je me le suis offert au Monoprix, où nous n'allons jamais, car c'est trop loin et trop cher d'après maman, sauf, dit-elle, pour la mercerie, plus fournie qu'en grande surface. Je m'émancipe encore : j'achète en centre-ville.

Plus besoin d'épingles ! Je peux passer les anciennes mèches de frange derrière les oreilles. J'envisage de les coiffer un jour en bandeaux, comme Henriette de Mortsauf dans le roman *Le Lys dans la vallée*. J'ai punaisé l'affiche du film *Adèle H* dans ma chambre et j'ai rebaptisé l'actrice du nom d'Isabelle Adjanne Brochet pour bien me rappeler mon projet d'encadrer mon visage de mèches longues et lisses. J'ai toute la vie pour accomplir ce geste.

Mes yeux se perdent souvent dans le vague, je pourrais rester des heures ainsi, à ne penser absolument à rien. Ce qui m'embête, c'est qu'au collège on me reproche soit ma tronche d'enterrement, soit mon air hautain, alors que j'ai juste l'esprit qui tourne à vide. Devant le miroir à trois faces, je travaille à imiter le regard doux et légèrement fiévreux des jeunes filles de la publicité Anaïs Anaïs dont j'ai déjà la fragrance pour semer le doute parmi mes camarades.

La femme blonde du déodorant Narta m'agace, avec ses cheveux lâchés en désordre, ses gros seins sous son ample robe en coton et qui danse avec tous les hommes de son boulot. Je suis envoûtée par la publicité pour le bain moussant Obao. Je la connais par cœur ainsi que sa mélodie. Je la chante même quand je ne suis pas devant la télévision. Je suis médusée, électrisée par la femme au chignon châtain si nettement lissé qu'il étire ses paupières et allonge ses sourcils jusqu'à lui donner une légère apparence asiatique. C'est une femme solitaire dans son peignoir de soie blanc. Elle va prendre un bain, très moussant. Je projette ma vie future dans une image de sensualité et de plénitude parfaite : je serai une femme aux cheveux ramassés en un chignon sombre, je ferai tomber un peignoir de soie blanc de mes épaules nues, le regard doux mais déterminé. Mon visage sera calme comme un masque et mes yeux légèrement bridés. Un sourire très fin animera mes lèvres pleines. Je verserai le savon liquide dans le bouchon doseur du flacon, sous le flot du robinet de ma baignoire. Mes doigts, à la manucure parfaite, vérifieront avec langueur et assurance la température de l'eau. Mes longues jambes seront légèrement repliées et pudiques, le reste de mon corps dissimulé derrière la mousse blanche. Je la remonterai jusqu'à mon menton légèrement levé, un soupçon de défi dans mon regard franc, tout en croisant mes bras sur la poitrine. Tout cela, oui, tout cela pour être douce, douce pour mon corps et pour ma vie. Loin devant la femme Narta et son essaim d'hommes, la femme Obao prend un bain pour elle-même. Ce qui signifie qu'on peut être seule et contente.

Grâce à la mobilité des trois miroirs, je travaille maintenant une coiffure inspirée d'Obao : mouiller très légèrement les cheveux et les remonter derrière la tête comme pour une queue-de-cheval haute puis les entortiller jusqu'à ce que les tempes soient elles-mêmes saisies dans le mouvement de spirale. Redescendre la chevelure torsadée vers la nuque en rentrant les pointes sous le chignon préformé. Maintenir fermement le tout avec un long peigne courbe à y ficher. Je viens de trouver la coiffure qui va m'identifier durant mes années de lycée et le début de ma vie de jeune femme : je serai la fille au chignon lisse, cheveux noirs, yeux bleus, rimmel vert turquoise pour flouter mon regard. Quand je porte mes cheveux lâchés, je marque une raie sur le côté, à partir de mon épi gauche, afin que la mèche brune estompe mon profil sévère : celui de l'oreille pointue. J'écoute la blonde Deborah Harry et je chante avec elle « Appelle-moi ! ». Barbara vient aussi sur mon tourne-disque car je veux aussi être une longue dame brune. Je suis très irritable et dès que je pleure, je me précipite dans la salle de bain pour observer le spectacle de mon chagrin. Je détecte sur quel côté de mon visage éploré les larmes coulent le plus joliment. Le profil de l'oreille ronde est toujours gagnant. Sur les reflets de l'armoire de toilette, je m'entraîne à embrasser avec la langue. J'imite les baisers comme j'ai vu le faire à la télévision, dans les films que nous regardons en famille. Un silence gêné nous enveloppe au moment d'une étreinte, surtout quand elle est goulue. Le soir, après le brossage des dents, je me penche vers les glaces, j'entrouvre la bouche, je ferme à peine mes yeux tendres et brumeux, je sors doucement ma langue, léchant le miroir du milieu pour étudier, dans le reflet des deux battants, la sortie du bout rose ainsi que le mouvement du menton qui serait le plus avantageux. La buée de mon souffle obstrue rapidement la vision du baiser parfait.

J'ai seize ans et des yeux étirés grâce à ma coiffure banane. Mes sourcils remontent gracieusement vers les tempes. Je finalise leur ligne nette et droite avec ma brosse à dents. Pince à épiler dans le tiroir aux objets métalliques et contondants pour extraire quatre poils ombrageant leur dessin parfait. Je suis très fière de cette trouvaille qui est le trait d'union entre le monde extérieur et moi-même. Si mes yeux partent dans le vide au cours de la journée, les sourcils, eux, restent domptés et s'affaissent à peine.

De la vente du moulin de mamie, j'ai hérité non pas du porte-savon en forme de crocodile, objet trop enfantin qui ne m'intéressait plus, mais de la grande cape en tissu éponge avec ses deux cordons à pompons. Le mercredi après-midi, entre deux devoirs et avant mon cours de guitare, je m'en drape. Je sors de ma chambre, à peine vêtue et le pas assuré comme la femme Obao. J'ai laissé couler l'eau du bain jusqu'au tiers, à contrecœur et pour cause : le ballon d'eau chaude est bien plus petit que le volume nécessaire pour remplir décemment une baignoire. Je laisse tomber le drap le long de mon dos nu comme s'il eût été de soie et je pénètre dans la cuve. J'ai préalablement versé, sous le flot des robinets, plusieurs bouchons de mousse Obao, achetée avec mes économies à Monoprix, afin que mon bain ait une apparence sensuelle et télévisuelle, mais aussi pour masquer la déficience entre le niveau d'eau et le haut de la baignoire. Me voilà assise dans la mousse, l'eau à hauteur du nombril dans une salle de bain dont la température ambiante n'est pas des plus cosy. Un radiateur d'appoint vrombit, posé sur le bord du lavabo. Les bulles se dissipent bien vite, et surtout elles ne me tiennent pas chaud, ça serait plutôt le contraire. J'attends, résignée et frissonnante, qu'un peu d'eau supplémentaire ait eu le temps de chauffer dans le réservoir de la cave. Papa, en bas des escaliers, somme : « L'eau chaude, c'est pour tout le monde ! » Il a entendu le liquide tiédasse remonter par les tuyaux jusqu'à la salle de bain. Obéissante, mais surtout dépitée par la mousse froide, je m'enveloppe dans la cape sous laquelle continuent à éclater les bulles. Je me faufile à petits pas entre la baignoire et la cloison, pour aller m'embrasser dans la buée du miroir.

Mamie a très mal aux genoux et les frictionne tantôt à l'eau de Cologne Mont-Saint-Michel, tantôt au Synthol. Je ne peux pas savoir ce qu'elle endure, ça sent si bon dans sa chambre. Pendant qu'elle frotte ses jambes, je rêve de Paris, allongée sur le lit pliant. Je fredonne un air qui stimule mon agitation bien avancée : il parle d'une jolie môme qui est toute nue sous son pull et qui rend la rue maboule ; son rimmel coule, les amants fondent sur place et ça serait bien qu'elle partage sa prairie avec les amis. Cette prairie est associée, dans mon imagination, aux posters que je punaise dans ma chambre, représentant des jeunes filles alanguies dans des herbes hautes. Voilà pourquoi ça sent si bon : c'est un parfum de foin coupé. Paris m'attend, Paris m'obsède. Chaque rue a son effluve, bon ou mauvais, je m'en fiche, je veux la posséder aussi fort qu'elle me fait pleurer de joie dès que je monte dans le train pour aller la voir. Après m'être badigeonnée du Mustela de mamie et avoir tiré nettement sur mes tempes, je prends le train pour la capitale. Je pars m'offrir ma première paire de chaussures, place des Victoires, Paris 1er arrondissement : ce sont des chaussures de flamenco. J'en ai vu la publicité dans un magazine féminin. Parce que ma vie sera bohème. Elle sera un spectacle permanent. Je marcherai dans les rues de Paris, laissant dans mon sillage une senteur d'enfance.

Pour mon bac, que j'ai eu avec la mention passable, papa et maman m'offrent le parfum Charlie. Dans la publicité, une jeune femme avance à grands pas vers son destin et affirme que c'est Charlie qui l'a révélée au monde. Moi aussi je veux être dévoilée. Je mets la fragrance sur mon cou en chantant l'hymne à Charlie.

J'ai osé annoncer à mes parents que je voulais étudier à Paris. Je ne leur dis pas que je veux être cette femme que les hommes cherchent dans les rues de la capitale et qui fuit quand on voudrait l'aborder. C'est exactement ce qui se joue dans le spot publicitaire du parfum Loulou : sur un plateau de cinéma, un garçon invisible appelle Loulou, qui est une actrice. Elle a fait du bon boulot et mérite bien une petite pause. Loulou est rêveuse. Elle est belle, souriante, mélancolique et concentrée sur son métier. Elle entend à peine le jeune homme qui l'appelle. Je veux qu'on se retourne sur moi, et comme Loulou je n'y prêterai pas attention. Je serai une femme venue d'ailleurs, yeux bleus de chat et cheveux noirs. Je marcherai à grands pas dans mes chaussures de flamenco et parfumée au Mustela. Ou à Charlie. Ou à Loulou. Un jour l'un, un jour l'autre. De toutes les façons, je serai changeante. Mystérieuse. Insaisissable. Versatile. Je rendrai fous les chercheurs de Loulou.

Une glace horizontale au-dessus de l'évier pour faire ma toilette et laver la vaisselle. À droite, un miroir de voyage pour vérifier l'arrière de mon chignon ainsi que mes profils. J'habite dans un studio au rez-de-chaussée, tout au bord de Paris. Après m'avoir installée, papa et maman m'ont laissée, comme du temps où ils me déposaient à la colonie de vacances. Cette fois-ci, ils ne viendront pas me rechercher plus tôt que prévu car j'ai choisi mon destin. Je n'ai pas le souvenir de me maquiller. Peut-être mes yeux félins contentent-ils mon désir de travestissement. Avant de prendre l'autobus pour aller dans le cœur de Paris, je me rafraîchis les dents avec le dentifrice Fluocaril, que j'ai acheté à la pharmacie. J'ai retiré ma brosse du gobelet imprimé fleur de bleuet, dans la salle de bain-couloir. N'en restent que trois : celles de mes parents et de mon jeune frère qui entre au lycée. Étienne sait si bien dire Oil of Olaz qu'il fait des études navales pour voyager à travers le monde en anglais.

J'ai rencontré Pierre. Il est excentrique, très libre, très parisien, et il fait des défilés de mode. Je suis terrorisée à l'idée du sexe tout en ne pensant qu'à cela. Ce sera avec Pierre, dont je suis amoureuse. J'ai poussé la porte d'une pharmacie. Elle ne vend pas que des produits médicaux, et ça c'est Paris. Dans le rayon parfumerie, je cherche quelque chose qui puisse me donner du courage. Allongée sur un matelas à même le sol, j'enduis mon corps au lait hydratant Eau de Rochas. C'est un flacon blanc à la texture plastifiée façon vaguelettes que je caresse du bout des doigts. Sur la radiocassette, j'écoute ma chanson du moment. Un homme anglais s'inquiète pour une étrange petite fille qui ne sait pas où la vie va la mener.

Pierre et moi emménageons dans un appartement exigü avec salle de douche. Faire couler le bain moussant jusqu'à ras bord n'est toujours pas d'actualité. Je partage l'armoire de toilette avec Pierre. C'est notre armoire. Je suis une femme désormais et j'ai quitté ma coiffure banane pour un turban bleu pâle qui continue à étirer mes tempes et préserver mon regard langoureux. Je n'ai pas la patience ou la dextérité de porter les cheveux détachés. Ils sont très épais dans la nuque mais fins sur les tempes et quand je les libère, c'est comme si la lumière de mon visage s'éteignait. Le temps passe vite quand on habite dans la capitale. J'ai encore oublié de faire ma raie au milieu pour porter mes cheveux en bandeaux et les ramener en chignon dans la nuque. Dans l'armoire, face à moi : une boîte de pilules contraceptives bien mise en évidence. Flacon blanc et rouille Roger Cavaillès pour Pierre. Je l'utilise sans grande conviction mais j'y ai deviné une note de savon noir comme il y en avait dans la buanderie du moulin de mamie, à quoi s'ajoute une nuance d'agrume qui m'évoque la seule et unique fois où papa et maman ont acheté le savon Zest, très piquant au nez et désastreux sur les parties intimes. Pierre se rase au rasoir électrique ; je ne suis pas sûre d'aimer le ronron aigu qui grésille sur ses poils.

Je m'intéresse de plus en plus aux parapharmacies, surtout quand je travaille loin de chez moi et que je dois dormir à l'hôtel. Bien souvent il m'est réservé une chambre spacieuse au lit démesuré : le cauchemar. Je redescends à la réception, honteuse de ma requête qui est de pouvoir accéder à la plus petite chambre disponible.

Le sommeil m'inquiète toujours autant. J'ai des souvenirs très lointains de solitude en position allongée, comme celui chez ma nourrice, dans un lit à gauche en rentrant dans la chambre. Je suis entourée de barreaux et j'attends. Ni ma nourrice ni ma mère, non, j'attends que ça passe. J'accepte cette pause. À la maternelle, assise sur un tabouret à côté du réfrigérateur, en observant la femme de service nettoyer la cuisine, j'attends que mes petits camarades sortent de la sieste. J'accepte cette suspension entre deux activités dites d'éveil, je suis impatiente de coller les bandes de papier journal pour illustrer « la maison en carton, pirouette, cacahuète ». Je crois me souvenir parfaitement de ma joie immense, privilégiée même, à retourner dans la salle de classe et toucher les formes rondes, carrées ou triangulaires, rouge profond, jaune lumineux, bleu marine, en plastique légèrement rugueux, lourdes et grandes dans le creux de la main et qu'il fallait ranger selon leurs formes et leurs couleurs. Oh, tous ces jeux sur la grande table basse et ronde en formica, avec maman dans les étages supérieurs donnant ses cours de sciences. Le paradis des tabourets encastrables, pour dessiner avec de gros feutres doux, jouer avec la terre argileuse, fraîche et humide comme un sous-bois à champignons.

Maintenant que je suis dans le monde adulte, alors même que je m'étais juré de ne jamais dire « Vivement ce soir qu'on se couche », j'ai toujours peur de ne pas dormir suffisamment, d'avoir des cernes et de n'être pas assez présente au monde. À la pharmacie, au pied de l'hôtel de province, j'achète du talc Klorane que je presse sous mon nez, assise sur le lit, dans la plus petite chambre que j'ai obtenue. Comme l'angoisse ne s'est que faiblement calmée, je m'en enduis le corps. Je me recroqueville. Je retourne à ma famille. Je rentre dans mon placard à jeux, dominé par l'odeur douçâtre qui émanait des poils de mon lapin nain.

Une oppression s'est installée que je suis incapable de comprendre : je n'arrive plus à bâiller. Quelque chose se bloque en moi, fortement, profondément. J'ai la sensation de porter du granit dans le ventre. Devant le miroir, je me nettoie le visage au lait Mustela et je pense à mamie. Comme des compagnons fidèles, le lait pour bébé, le brumisateur à la rose et l'eau Mont-Saint-Michel l'ont suivie jusqu'à la maison de retraite. Ils ont été ses réconforts jusqu'au bout de sa vie. Elle s'est éteinte alors que ses flacons la veillaient sur la table de nuit. J'ai l'impression que même si mamie n'est plus là, ce qu'elle m'a inculqué me réchauffe. Pourtant autre chose est entamé. Je ne sais pas quoi.

Une nuit, je rêve que Daniel Auteuil et Emmanuelle Béart – je ne les connais pas – me conseillent d'avoir toujours avec moi une boîte d'Euphytose pour mieux dormir. Puis Emmanuelle poursuit Daniel avec un couteau à beurre. Cauchemar éprouvant malgré leur conseil bienveillant, et le lendemain j'achète les pilules indiquées par ces visiteurs du soir.

Je sens Pierre qui m'attend au lit mais je dois d'abord appliquer mon premier antirides que j'ai acheté aux Galeries Lafayette, le lieu de prédilection de mes après-midi oisives mais aussi celui de mamie quand elle allait à Paris – ce que j'apprendrai des années plus tard. J'ai remarqué des plis autour de mes yeux et qui courent jusqu'aux tempes quand je souris. Ils ne se dissipent pas quand mon visage est au repos. La vendeuse a mis un nom sur ces étrangers : ils se nomment « des pattes-d'oie ». À mon esprit est revenu le poulailler du moulin, l'âcre relent des étrons quand j'allais chercher les œufs chauds pondus sur la paille épaisse. J'étais dégoûtée à la vue des pattes des volatiles, rebondissantes et bosselées, fermes et crochues pour les poules, caoutchouteuses pour les canards et pour les oies. Tout en écoutant la vendeuse du rayon cosmétiques prôner les vertus de la crème « contour des yeux-antipattes-d'oie », ces visions de basse-cour caquettent dans ma tête. Pierre s'impatiente au lit, sauf que je ne crois pas aux tapotements de l'antirides, comme il est indiqué sur la notice. Une couche épaisse sous l'œil me semble plus appropriée. J'évite les baisers de Pierre, qui risquent de gêner l'absorption de la crème salvatrice. Après l'amour, je retourne dans la salle d'eau à l'éclairage blafard pour regarder si la crème a effacé les petites griffures de mon jeune âge. Je ne vois pas une nette différence : les ridules sont juste plus huileuses. Je vais fumer une cigarette à la fenêtre avec vue sur une cour de Paris morose, pour bien me morfondre, m'enfoncer dans la tête que j'ai grillé un jour de plus sur le restant de ma vie. J'essaie de bâiller : échec prévisible.

Un nouvel appartement, plus vaste, une nouvelle armoire de toilette : c'est un meuble peu profond mais massif, constitué d'une épaisse porte-miroir. Ouverture ample, d'une simple pression magnétique. De nombreux rangements intérieurs. Je porte le parfum Madame Rochas, sucré, à la bergamote et au chèvrefeuille. S'appeler Madame de Rochas, c'est plus joli qu'Anne Brochet. Si encore je m'étais appelée Anne de Brochas ou même Anne Brochas. Me marier à un homme portant un nom exotique, un nom de voyage, un nom de roulotte serait mon salut. Encore faut-il que je le rencontre. Pierre a un nom français qui ne m'inspire aucune rêverie. Sa peau de porcelaine me plaît toujours mais il m'a demandé dernièrement de mettre à mon doigt gauche l'alliance de mémère que je portais à l'annulaire droit depuis que maman me l'avait donnée. L'exigence de Pierre ainsi que ma soumission m'ont beaucoup déplu. Je n'ai rien dit. J'ai découvert l'essence d'héliotrope chez un herboriste, à deux pas de la boutique de mes chaussures flamenco.

Dix ans auparavant. Dix ans déjà. Je suis entrée dans la boutique pour me ravitailler en infusion et en décoction Nuit paisible mais j'ai été attirée par la poésie du mot Héliotrope étiqueté à l'ancienne sur une petite fiole brun cuivré. Anne Héliotrope ? Anne Hélio ? Anne Otrope ? Une goutte derrière l'oreille suffit pour embaumer mon cou. C'est une fragrance caramélisée qui n'est pas sans me rappeler le sirop contre la toux dont maman me donnait une cuillère à café lorsque j'étais malade.

Pierre et moi nous séparons. Son parfum Vétiver qui lui allait si bien quitte l'armoire à ouverture ample, entraînant derrière lui le cortège de ses soins personnels. Le savon liquide Roger Cavaillès reste oublié dans le bac à douche, comme un employé suspendu de ses fonctions. Pierre me rend l'alliance que je lui avais offerte pour jumeler la mienne. Je range les deux anneaux à l'intérieur d'une petite boîte dans laquelle j'ai conservé une griffe de mon lapin ainsi que ma gourmette d'enfant. Seule dans les rues de Paris, je reprends ma marche déterminée. Je pousse la porte d'une pharmacie pour m'offrir un maxiflacon de lait pour bébé.

J'ai envie de me couper les cheveux. Je n'arrive plus à retrouver mon châtain foncé à la suite d'une couleur vénitienne censée éclaircir mon visage. Parfois je me réveille en sursaut : je ne me souviens plus de mon âge. J'ai très mal entre les omoplates à force de ne pas bâiller. Sur mon lecteur de CD, j'écoute une femme chanter qu'elle espère, comme moi, qu'un homme coure à perdre haleine pour venir la retrouver.

J'ai rencontré Eamon. Il habite en Amérique et ça n'est pas la porte à côté. Il m'a tant bouleversée que je peine à manger. Dans le reflet du miroir à ouverture ample, un creux s'est formé sur mes joues.

Cheveux courts à la garçonne. Pas mal du tout. Surtout quand on est devenue mince comme je le suis.

Le sombre de mes cheveux – gène gitan de mon père – a réapparu. Je me suis révélée une fois de plus. Je me coiffe avec les doigts. Je donne à maman un coffret contenant une brosse et son peigne à la forme ourlée comme celle d'un coquillage. On m'en a fait cadeau et je ne sais qu'en faire. Je les lui confie de la même manière que je lui tendais les chocolats dans lesquels j'avais croqué et qui s'étaient avérés être à la liqueur. Maman les finissait sans protester. Elle déplore ma coupe à la garçonne.

– Tu t'es gâchée ! s'exclame-t-elle encore.

Comme elle, je ne me maquille toujours pas. Pour deux raisons : mon teint est lumineux depuis ma coupe de cheveux et je redoute toute poudre qui accentuerait les pattes-d'oie qui séjournent en permanence autour de mes yeux. Chaque soir, je me promets d'agrandir mon regard au mascara car je l'aime sur le visage des femmes, surtout quand il a coulé. Je mets en valeur ma bouche dont je suis très fière, pleine de chair et de caractère, que j'accentue d'un contour des lèvres marron rouille. Je les ai héritées de mon père. Maman m'agace qui commence à rogner les siennes. Elles sont gercées presque en permanence, sans doute l'inquiétude de voir sa fille aux cheveux courts sortir du rang où elle se tenait sagement. À défaut des sangs, maman se ronge la bouche. Son visage est de plus en plus ridé et je lui en veux en silence. Au cours d'un dîner trop arrosé, un voisin lui a conseillé de se faire faire un lifting. Maman me raconte l'incident en riant, mais je me sens aussi blessée qu'elle. J'ai peur que mon héritage génétique m'abîme précocement, comme les pattes-d'oie déboulées en un rien de temps.

Ma gorge se serre de plus en plus souvent, surtout en fin de journée. Un médecin me rassure sans prescrire aucun remède, partant du principe que ce phénomène physique des plus inconfortables est un effet probable de mon énergie débordante mais mal canalisée, tout en ne sachant pas si c'est l'angoisse qui active cette dernière ou bien si c'est le contraire. Je sors bredouille, mais j'ai appris que j'étais prolifique. Maman me disait que j'analysais trop les tourments de mon corps. « Arrête de t'écouter !!! », soupirait-elle quand je croyais ma mort prochaine. Elle me conseillait de frotter là où ça faisait mal, au milieu du front, sur le ventre ou sous le cœur. Parfois c'était elle-même qui s'y collait, elle frictionnait là où j'avais peur de mourir. Maintenant que maman frotte et frotte sa bouche qui la démange, je ne lui dis plus rien de mes propres maux.

Sur le rebord du lavabo, dans une chambre d'hôtel à Manhattan : un dentifrice Oral B, marque qui m'est inconnue, et une brosse à dents pour enfant, en forme de chenille. Elle se tient droite, ventousée à la faïence. Eamon l'a emportée par erreur en la glissant dans un sac plastique pour venir me rejoindre. La vue de cet objet enfantin me rappelle celui, en poils de soie, et de la marque Babar, que j'enviais à mon frère Sébastien. Je suis jalouse de ce petit garçon inconnu mais aussi de l'amour que lui porte son père. Je me sens honteuse, médiocre, illégitime, immorale. Maman engloutirait toute sa bouche si elle me savait dans les bras d'un homme marié. Les yeux rivés sur la chenille, je sais déjà que tout sera difficile. Ma peau est à vif, nervurée comme dans les livres de sciences naturelles de maman. Je ne pense qu'à Eamon, même quand il est en face à moi, à côté de moi ou en moi. J'imagine une vie avec lui. Je serai mariée et je porterai son nom qui me fait battre le cœur à lui tout seul. Oui, je vivrai avec Eamon, en Amérique. Je m'inscrirai à la fac pour y étudier la psychologie afin de mieux comprendre Eamon, dont la personnalité me fascine et m'échappe. J'ouvrirai une boutique de cosmétiques français, en me basant sur les soins de mamie. Le soir, je me mettrai au piano pour clore mes intenses journées américaines, vêtue de mon peignoir de satin blanc, tandis que moussera un bain nacré pour être douce et reposée.

Dans notre maison, à Eamon et à moi. Au bout du couloir de l'entresol : une salle de douche entièrement carrelée couleur marron rouille. À droite en entrant, une armoire de toilette à deux portes. Des reflets encre marine viennent intensifier le sombre de mes cheveux. Je me coiffe toujours avec les doigts. La brosse à cheveux d'Eamon est en plastique noir, flexible et à bout rond. Le soir, avant de sortir, nous nous préparons ensemble devant la glace. Eamon se fait une coiffure rockabilly avec de la gomina, tout en se tordant la bouche à la manière du punk anglais Sid Vicious, ce qui a le don de me renfrogner. Je le préfère quand il est américain de Brooklyn à la voix rocailleuse et tendre, murmurant à mon oreille tandis qu'il m'enlace, son regard cherchant le mien dans le reflet du miroir, légèrement brutal et incandescent.

À chacun de mes retours de France, je rapporte une bouteille maxiformat de lait pour bébé Klorane ou Mustela car l'Amérique n'en a pas. Je les accumule sous le lavabo, au cas où les deux marques disparaîtraient simultanément. Dans une épicerie d'appoint au bout de la rue déserte et venteuse, j'essaie l'huile au parfum de talc pour bébé de la marque Johnson & Johnson. C'est à peu près tout ce qu'il y a de bien et de rassurant dans ce pays, même dans les pharmacies géantes. J'y musarde beaucoup. Je détaille tout, j'espère trouver la solution à mon problème de froid intérieur permanent. Chez Macy's, l'équivalent des Galeries Lafayette de mes errances parisiennes, j'ai trouvé le savon douche Neutrogena qui ne se trouve pas en France et auquel mon ami Esteban voue un culte. Me savonner avec ce liquide roux, c'est comme avoir pour compagnie l'ami d'un ami.

Je suis déçue par l'odeur fade d'un shampoing américain qu'Eamon utilise, et surtout par sa texture bleu ciel pas du tout onctueuse comme dans sa publicité. J'achète beaucoup de bricoles. Je dépense pour me réchauffer. À la caisse d'un musée, j'ai pris une lime longue et large, au motif des tournesols de Van Gogh. Sa maniabilité change nettement des petites lames de France qui échappent des mains sitôt qu'on s'attaque aux coins de l'auriculaire. Je ne me suis inscrite à aucune faculté, à aucun cours de psychologie anthropologique. J'ai trouvé une vieille machine à écrire dans une brocante. J'écris dans la pénombre de l'entresol, juste à l'entrée de la salle de bain. J'écris ma vie avec Eamon. Même à ses côtés, j'écris sur lui.

Il est mon héros, mon personnage principal. Parfois je me raconte d'autres histoires, et alors Eamon prend une autre forme. Ça se passe ailleurs, loin de notre maison. Pour aimer Eamon à distance vitale, je le réinvente.

Notre armoire de toilette se remplit davantage. Sur l'étagère du milieu, derrière le miroir de gauche, mousse à raser, toujours Johnson & Johnson, dentifrice Elmex, beaucoup moins cher qu'en France et qu'un ami au sourire radieux en toutes circonstances m'avait dit être le meilleur. Sur l'étagère centrale derrière le miroir, une boîte de pansements aux motifs dinosaures pour le fils d'Eamon quand il vient à la maison. Je ne connais pas la fonction des pilules dans la fiole orangée, délivrées sur ordonnance au gracieux nom d'Eamon. Je ne sais pas non plus s'il les prend régulièrement. Son humeur n'est pas toujours au beau fixe et parfois il parle vraiment trop. Sur le rebord de la chasse d'eau, à gauche du lavabo, sa trousse de toilette, en plastique transparent à rayures noires et qu'Eamon emporte avec lui chaque fois qu'il travaille de nuit. Elle reste entrebâillée, comme son cœur qu'il dit être un livre ouvert ; tout l'opposé du mien.

Grande découverte avec le fil dentaire au goût

mentholé et à la texture cireuse, Johnson & Johnson. L'odeur poudrée tendre du savon Dove me semble être la seule réussite olfactive de l'Amérique. Masque chauffant Simone Mallet, recommandé par Catherine et rapporté de France pour conserver le souple de mon visage. Sitôt appliqué sur la peau, il me fait l'effet de deux ailes chaudes qui se seraient posées sur mes joues pour me donner du courage : j'ai encore perdu du poids à cause du froid intérieur qui ne me quitte pas. Je voudrais un enfant avec Eamon. J'ai déjà une demi-douzaine de maxiflacons de lait pour bébé qui attendent sous le lavabo. J'y fais aussi des réserves d'antidouleurs introuvables en France et que je rapporte à mes amis férus d'Amérique. Je n'oublie jamais maman qui a droit, alors qu'elle ne m'a rien demandé, à une série de baumes pour ses lèvres gercées, vendus à la caisse des supermarchés et très efficaces pour réparer la peau blessée par les bourrasques glaciales de Manhattan. Pourquoi pas celle de maman ?

J'ai déjà trente ans, et depuis mes rares sorties frigorifiées de bains Obao remplis à mi-cuve de mon adolescence, je ne suis toujours pas entrée en frissonnant dans une baignoire gorgée de mousse. Dora, notre petite fille, à Eamon et à moi, vient de s'endormir dans son berceau. Je passe beaucoup moins de temps devant la glace ; avoir un enfant, c'est se retirer du miroir. Mais ce soir, je vais prendre un moment rien que pour moi. Je me penche vers mon reflet et je vois, oui je vois un très léger affaissement à la base de mes joues, infime, mais je le vois. Je me rappelle immédiatement une réflexion de Catherine lors d'une sortie au théâtre, à Paris. Elle admirait une comédienne qui était sur scène et disait d'elle qu'elle avait gardé un « bel ovale ». Je ne comprenais pas à quoi elle faisait allusion. Face au miroir, dans l'entresol de la maison, la réflexion de mon amie fait sens : mon ovale vient d'opérer une légère chute gravitationnelle. Une eau hydratante japonaise, très performante jusqu'à présent, va repulper mon visage. C'est sûr, c'est passager, juste un coup de fatigue, rien de plus. Sur la pulpe de mes doigts, quelques gouttes huileuses et aqueuses suffiront pour effacer l'incident éphémère. J'active le bas de mon visage, par pressions fermes et encourageantes, comme je réanimerais le cœur défaillant d'une petite bête, avec la même urgente conviction. Je quitte le miroir sans même avoir vérifié l'efficacité de l'intervention. Je retourne au berceau de mon enfant qui s'agite dans son sommeil, en ravivant encore un peu le bas de mes joues, jusqu'à absorption totale.

Je n'ai pas mis de talc sur la peau de Dora. Certains avis déconseillent toute poudre susceptible de rester dans les plis tendres des nourrissons. Alors je l'applique sur mon corps pour me parfumer et pour me tranquilliser. Eamon a aussi son talc. Chacun le sien. Il le répand sur ses aisselles, l'endroit le plus rassurant d'Eamon. Il range la boîte en carton, sur laquelle est dessiné un bras musclé tenant un marteau. Elle est posée à côté de mon flacon, à l'effigie d'une fleur de calendula. Ils se tiennent compagnie, conciliants, et bien que d'apparence opposée, leurs composants sont compatibles ; tout le contraire d'Eamon et de moi.

Le lait pour bébé et l'eau hydratante japonaise ne font plus d'effet sur mon visage. J'ai toujours ce froid intérieur qui me rappelle le vent sifflant dans une maison. Car il suffit d'une seule fenêtre mal fermée pour faire gémir tout un foyer. Papa et maman la devinaient toujours. L'un d'eux tonnait, au bas des escaliers, pour faire remonter l'ordre dans les étages : « Courant d'air !!! » et on refermait ce qui avait déclenché l'alerte. Concernant le vent qui me glace le sang, je ne comprends pas ce qui a été ouvert et que je ne sais pas refermer.

Le père d'Eamon nous a prêté sa petite maison de

plage au bord de l'océan. Dans son armoire de toilette : deux bouteilles de rince-bouche maxiformat. Ils prennent beaucoup de place. L'une est couleur bleu pétrole, et l'autre jaune whisky. Je ne lis pas la notice. Préférant l'improvisation, je verse directement le liquide cuivré dans le bouchon doseur puis le porte à ma bouche. Elle réagit douloureusement. Affolée, je lis trop tard le mode d'emploi : diluer un quart de bouchon dans un verre d'eau avant usage. J'inspecte l'intérieur de mes joues : la chair est maintenant maculée de petits cratères jaunâtres. Ils se sont formés en réaction au produit corrosif. Une réflexion sauvage me saisit alors, aussi hostile que ma peau brûlée : les deux bouteilles pleines et maxiformat du père d'Eamon auront-elles le temps d'être consommées d'ici sa mort si, de surcroît, le produit se dilue avant chaque utilisation ? Face au miroir moucheté de rouille, j'ai honte de mes pensées morbides, mais la sensation léthargique du temps qui ne s'écoule pas assez vite m'impatiente. Chaque jour me fait l'effet d'une bouteille géante de rince-bouche qui n'en finit pas de finir. Je me sens nécessaire à Dora mais je voudrais être ailleurs pour être toute à elle et toute à ma vie. J'entends les moteurs d'avion décoller au-dessus du toit et j'ai hâte de partir. Je vais bientôt rentrer à Paris, pour raisons professionnelles. La vérité, c'est que mes pieds veulent fouler l'asphalte de la capitale. Je serai une mère parisienne, propulsant la poussette de Dora sur mes talons flamenco. Les chasseurs de Loulou me reconnaîtront à mon élégance nonchalante, un peu étrangère : tout à fait Charlie.

Dans la salle de bain de son appartement douillet, Catherine et moi avons donné le bain à nos deux petites filles. Mon amie savonne la peau de son enfant avec le savon liquide Biolane. Elle a une vie équilibrée, bien plus calme que la mienne. Si mon enfant sentait le Biolane, j'aurais l'impression d'avoir une vie raisonnable et le mirage deviendrait réalité à force d'illusion. Il faudrait que je cesse de nettoyer la peau de Dora avec les réminiscences de mes rêves adolescents. J'ai peur que ça ne soit pas bon pour sa croissance. Dans notre petit pied-à-terre, j'extirpe Dora du bac à douche qui fait office de baignoire et je l'enveloppe dans la cape à pompons de mamie. Je nous regarde dans la glace. Je contemple l'harmonie, la simplicité d'une relation. Je nous fais ressembler à « la Vierge à l'Enfant ». La tendresse, la confiance, la complicité tacite : les représentations de la sainte mère et de son petit garçon ont toujours exprimé pour moi l'amour parfait. Cette union que je voulais vivre un jour, je la reproduis et je l'éprouve, face au miroir de la salle de douche, avec ma propre fille.

J'ai retrouvé l'essence d'héliotrope qui s'est encore plus caramélisée avec le temps. Je la dilue dans quelques gouttes d'eau. Mes cheveux ont poussé jusqu'à mi-épaules. Dans les rues de Paris, je me sens jeune et parisienne. Je suis à ma place mais je n'ose pas me l'avouer. L'inquiétude que j'identifie désormais par le froid intérieur surgit aussitôt que je pense à Eamon. J'ai rencontré un jeune homme au parfum d'agrume et au prénom d'Eddy. J'ai ressenti une appréhension olfactive à être près de lui car je ne suis pas familière avec le parfum fruité qui émane de sa personne, excepté, enfant, sur mon baume anticernes à la mandarine. Et pourtant… Est-ce ma pointe balsamique qui s'est plue au contact de l'arôme pamplemousse ? Mon cœur bat étrangement et je frissonne d'anxiété. Avant de quitter le miroir de la salle de douche, je n'oublie pas de mettre une goutte d'héliotrope sur mon cou, en signe de protection, ou de séduction. Je suis toujours trop pressée de revoir Eddy pour bien y réfléchir. Quand je suis près de lui, j'ai hâte de rentrer à la maison retrouver le silence de Dora endormie, son souffle menu à travers les narines de son petit nez parfait. La nuit, je téléphone à Eamon, à voix basse. Il me trouve lointaine.

J'ai confié Dora aux bons soins équilibrants Biolane, mais je garde mes repères en appliquant, au coin de mes yeux et autour de mes lèvres, la pommade pour les érythèmes fessiers Mustela. Si ces crèmes sont bonnes pour les petits enfants, elles ne peuvent être que bénéfiques aux peaux qui ont entamé le retournement du sablier. Cet objet qui chronomètre le temps écoulé, je ne le connaissais que dans notre cuisine familiale, sous la forme de têtes de chat siamois en bois ; elles maintenaient deux récipients jumeaux joints par une ouverture très fine et d'où s'échappait, en transparence et à vive allure, un filet de sable rose. J'avais la permission, quand maman avait fini de compter la cuisson de nos œufs à la coque, de jouer avec le sablier : je posais ma tête sur la table, dans le pli de mon coude, je retournais le réservoir rose et plein pour le voir se vider dans la fiole jumelle. Je rebasculais encore une fois le chat, hypnotisée par la ligne perpétuelle. Enfant, décompter le temps était un divertissement.

Eamon vient nous rejoindre. Dans sa trousse de toilette qui n'a rien à cacher, je vois le tube orangé étiqueté à son nom dont je doute de l'efficacité. Sa colère contre le monde suivie d'élans d'amour m'usent chaque minute. Mon cœur bat très vite toute la journée, pour Eddy parce qu'il me fait rire, pour Eamon parce qu'il me fait peur. Eamon retourne à notre maison d'Amérique et je suis triste d'être soulagée. Je reviens à ma vie, celle qui me va bien, celle dans laquelle mon corps est confortable, à la manière d'un vêtement bien coupé. Eddy passe sa première nuit avec moi. Il a apporté son nécessaire de toilette dans un sac plastique, comme Eamon la nuit où il y avait glissé à la hâte une brosse à dents pour enfant. Quand je ne ris pas avec Eddy, j'ai parfois honte d'être dans ses bras. Je sais déjà que je vais quitter Eamon, et séparer Dora de son père. Eddy la fait beaucoup rire, elle aussi. Je les regarde s'amuser, attendrie, presque heureuse. Je pourrais avoir une belle vie bohème, parisienne et douillette, avec un homme protecteur et joyeux qui me serre dans ses bras et que je reçois avec gratitude. J'aurais un peignoir de satin blanc et quand la maison serait vide de ses occupants aimés, je verserais l'Obao bleu sous le flot de la baignoire pour un moment rien qu'à moi. Je jetterais un œil à mon reflet dans la glace : il serait celui d'une femme contentée.

Un miroir au-dessus d'une large vasque blanche, dans la salle de bain avec baignoire d'un grand appartement. À ma gauche, une armoire de toilette à une porte déjà en place au moment de la signature du contrat de location. À droite, posé sur le rebord en carrelage et en prolongement de la baignoire, un meuble à la lourde structure métallique sur laquelle glissent péniblement deux grands tiroirs en rotin. C'est un samedi matin, un samedi parisien, et je viens de l'acheter dans le quartier en sortant les deux enfants. Eddy n'approuve pas du tout le choix du meuble. Il me dit que, décidément, nous n'avons pas les mêmes goûts. Il voyage de plus en plus souvent. Il a fait l'acquisition d'une trousse de toilette de marque, posée sur le rebord du lavabo et dont il a extrait son eau de parfum élégante. Je regrette le temps du sac plastique. Eddy me manque même quand il est avec moi. Je l'attends alors qu'il est de retour. Dans la salle de bain, je stimule mes joues et les commissures de mes lèvres. J'ai peur d'avoir changé quelque chose sans savoir quoi. Face au miroir au-dessus du lavabo, notre petit Paul dans les bras, je reprends ma pose préférée et qui me console : celle de la Vierge à l'Enfant.

Dans la salle d'eau privative, à côté de la chambre de Dora et de Paul. Sur le rebord du lavabo : leurs brosses à dents ventousées à la verticale, un dentifrice parfum framboise ainsi qu'un porte-savon rose en forme d'hippopotame. Sur un petit radiateur : la trousse de toilette de maman, en tissu imperméable rouge avec des étoiles de mer jaunes qu'elle range tout contre son pyjama écossais roulé le plus étroitement possible. Quand elle est ouverte, j'entrevois la brosse à cheveux en forme de coquillage que je lui ai donnée il y a des années, toujours fidèle au poste, comme maman. Un dentifrice Auchan ainsi que sa brosse à dents qu'elle a appris à ne plus user. Je constate aussi la présence d'une crème de nuit réparatrice L'Oréal, ce qui est une première dans le soin que maman apporte à son visage. En silence, je lui reproche de s'en soucier un peu tard. J'applique moi-même une crème antirides pharmaceutique que m'a conseillée mon amie Monique. Un soir, Eddy me dit qu'il n'en aime pas l'odeur, et c'est bien dommage car je la mets depuis des mois avant d'aller me glisser dans notre lit.

Une tablette sous l'armoire de toilette. Y repose l'écrin de la bague offerte par Eddy avant la naissance de Paul. Depuis, je porte l'anneau serti mais n'ai jamais rangé son coffret. Je fais couler de l'eau froide sur mon visage et sur mes seins pour les raffermir. Parfois je passe des glaçons autour de mes yeux. Maman m'a raconté que l'acteur Paul Newman faisait de même chaque matin pour préserver la fermeté de sa peau. Il plongeait son visage dans une bassine remplie de glaçons. Mais ni maman ni moi n'avons eu le temps de remplir une cuvette d'eau glacée et d'immerger nos visages pendant le petit déjeuner des enfants. C'est trop tard… Tout est toujours trop tard. Trop tard pour essayer de comprendre ce qui a changé. Je vais travailler en pleurant. Maman me dit : « Pense à ta banque » pour m'encourager. J'ai mal aux pieds d'aller gagner ma vie. Je ne marche pas dans les rues à grandes enjambées, j'ai perdu la Charlie qui était en moi et je n'arrive pas à savoir à quel moment elle a filé avec Loulou. Je me suis perdue de vue, quelque part et à un moment donné, mais je ne sais ni où ni quand. Dora me demande de lui dessiner des cœurs sur ses joues avec un crayon à lèvres. Nous nous regardons dans le miroir, unies et résignées à aimer, coûte que coûte.

Eddy est parti. Dans l'armoire de toilette, il a oublié son lait pour le corps. Je range la bague dans son écrin resté ouvert sur la tablette et referme le couvercle. Les enfants migrent dans ma salle de bain avec leurs brosses à dents-ventouses. Je me suis coupé les cheveux à nouveau, mais pas trop court. Ça me donne de l'énergie. Eddy me complimente sur mon visage détendu. Christine m'offre la crème Embryolisse, qui est, paraît-il, l'onguent favori d'Isabelle Adjani. Je ne le trouve pas très hydratant. Je suis surprise qu'il soit approuvé par la belle actrice aux cheveux en bandeaux. Je l'applique du bout des doigts, en me parlant gentiment à moi-même : « Ou bien c'est que les gens sont très gentils ? ». Ça y est. J'ai l'âge de la femme d'Oil of Olaz, celle qui ne fait pas son âge. Un nouvel homme vient se glisser dans mon lit pour me murmurer que je suis belle et que je suis une sorcière. Il ne semble pas à ce point envoûté, ne me rendant visite que lorsqu'il est de passage dans la capitale : très rarement. L'homme cloisonne tout. Sa vie, ses opinions, ses poèmes, ses voyages, sa valise à roulettes. La seule chose qu'il donne à voir de qui il est, ce serait éventuellement l'étui à lentilles de contact qu'il laisse au bord de la vasque. Sa trousse de toilette est toujours restée fermée et je n'ai jamais fouillé à l'intérieur. Je n'observe que celles qui restent béantes comme des cœurs ouverts : celle de maman, celle d'Eamon.

J'ai beaucoup de colère envers cet homme qui ne vient jamais. L'absent m'envoie des mots d'amour pour me garder au chaud. Je soupire de rage après avoir envoyé un message incendiaire sur son téléphone puis je m'endors immédiatement. Depuis des années, ma fureur rentrée de ne pas savoir m'exprimer auprès des hommes se révèle enfin. J'ai découvert un parfum prodigieux au cours d'une virée à la parapharmacie. Il me rappelle celui de la cabine de plage des étés de ma petite enfance, un mélange de crème solaire au monoï, de sable à marée descendante et de fleurs des dunes. Sa fragrance m'apaise et me fait croire que l'été, ça peut être tous les jours, d'une simple pression de senteur sur la peau. C'est mon odeur, mon alliée, ma camarade. Le soir, je reste fidèle à la crème pour le corps d'Eddy. Elle est certifiée sans parfum. Je devine pourtant un résidu de caoutchouc comme celui de mes poupées, précisément à la racine de leurs cheveux chimiques ainsi qu'à la jointure souple de leur cou quand je les dessoclais pour voir à l'intérieur. Christine m'a recommandé un nouvel antirides performant que j'applique autour de mes yeux mais également autour de mes lèvres, que je tapote anxieusement. J'y ai surpris des ridules qui m'ont serré le cœur.

Pour célébrer le nouvel an, je m'envole chez Eamon, avec Dora. Je retrouve l'armoire de toilette comme si je n'étais jamais partie. Eamon a mis en évidence les bouteilles Klorane oubliées. Le bébé égérie de la marque me fixe de ses yeux immenses.

« Qu'est-ce que tu fabriques encore ? » tente-t-il de me dire, le pouce dans la bouche. Sur le rebord du lavabo, une bouteille pour hygiène dentaire maxi-format m'inquiète déjà. Le temps file tout en imposant des à-coups imprévisibles. Comme celui que je suis en train de vivre dans les bras d'Eamon. J'ai le sentiment que rien ne s'est passé entre la dernière fois où j'ai quitté cette salle d'eau et celle où j'aperçois dans le miroir la nuque d'Eamon, son visage dans mon cou.

Eamon a des cheveux blancs sur les tempes et a ajouté quelques tatouages sur ses avant-bras. Toujours la fiole orangée avec son nom inscrit froidement. Son humeur est réservée. Il se demande ce que je veux de lui. Je devine son énergie électrique, toujours latente, toujours tapie. Il m'arrive aussi d'aller voir Eamon sans notre fille, qui ne sait rien des retrouvailles de ses parents tout en se plaignant de maux très douloureux à l'estomac. Dans une pharmacie du port de Brooklyn, ouverte toute la nuit, je découvre le parfum Chantilly. J'en achète deux bouteilles, au cas où la marque s'arrêterait net. J'en laisse une chez Eamon. J'emporte l'autre pour mon appartement parisien. Je divise ma vie, comme lorsque je jouais à me dédoubler à l'infini dans les miroirs de la salle de bain-couloir. Je cloisonne. Je compartimente.

Mon cœur ressemble à une armoire de toilette : un espace pour mon rôle de mère, un tiroir pour ma vie professionnelle, un autre pour les amis, un intérieur de porte pour mon fatras amoureux. L'homme prétendument ensorcelé reste présent, surtout au téléphone. J'avais déjà aspiré à cette double vie avec Eddy et Eamon. J'ai choisi l'un en quittant l'autre et ce fut un échec. Je me méfie maintenant. Je garde tout, au cas où l'un viendrait à manquer.

Papa et maman ont fait l'acquisition d'une petite villa au bord de la mer pour accueillir leurs petits-enfants, qui sont au nombre de six. Cette maison nous soulage tout en donnant à nos parents l'occasion de profiter pleinement de notre progéniture durant les vacances scolaires. Ils ont gardé le mobilier de l'ancienne propriétaire ; notamment l'armoire de toilette en plastique blanc. Maman y a rangé la brosse à cheveux et le peigne en forme de coquillage. Parfum Shalimar que maman porte depuis quelques années pour les grandes occasions. Un spray Elnett sur lequel Line Renaud a signé un autographe et que m'a offert Esteban. Maman le garde pour me faire plaisir car elle ne coiffe plus ses cheveux en chignon-tourelle depuis longtemps. Elle les rassemble dans la nuque par un chouchou en tissu élastique. Une large barrette sculptée façon Viking, ainsi que d'autres menus essentiels à cheveux sont rangés dans une ancienne boîte de cotons-tiges. Sur l'étagère du haut, à gauche, trois brosses à dents encore emballées, et c'est bien agréable pour ceux qui ont oublié la leur. Une crème après-soleil pour leurs petits-enfants. Des pipettes de sérum physiologique. Un déodorant à bille Nivea pour maman, un Chanel pour papa. Il hydrate également sa peau au Chanel après-rasage et se paie le luxe de quelques soins La Roche-Posay très nourrissants. Je leur fais remarquer, allongée sur le lit de leur chambre moelleuse avec balconnet « vue sur la mer », qu'ils se sont bien lâchés sur les produits pharmaceutiques depuis qu'ils n'ont plus d'enfants à la maison. Maman se défend d'en être l'instigatrice : « C'est ton père ! avec ses onguents, ses petites crèmes ». Elle dit qu'il ressemble de plus en plus à sa mère : à « se badigeonner ». Elle imite, comme un clown le ferait dans un spectacle comique avec tarte à la crème, le fait d'oindre son visage avec frénésie, ce que je faisais moi-même quand je me précipitais dans la salle de bain de mamie pour me couvrir la peau de son lait-soin pour bébé. Papa écoute à peine. Il hausse les épaules, un demi-sourire aux lèvres, tout en massant ses chevilles avec un baume huileux.

À la même époque, j'achète, grâce à un prêt à

presque cent pour cent, une maison à la campagne, juste à côté du village où se trouve l'ancien moulin de mamie. J'ai besoin de retrouver l'atmosphère de cette région que je n'ai pas revue depuis mes quatorze ans et de la transmettre à mes enfants. Dans la salle de bain au papier peint fleuri qui est restée dans son jus, au-dessus d'un lavabo bleu lagon : une tablette blanchâtre en plastique très fin, de la largeur d'un gobelet. Un miroir rond me sollicite déjà. J'envisage avec une certaine satisfaction d'installer le meuble à gros tiroirs de rotin détesté par Eddy. Les tiges tressées grinceront contre la structure métallique dans un gémissement lamentable mais cela n'aura aucune importance car dans cette salle de bain de week-end à faire tout ce qui nous passe par la tête, on balance en vrac les produits qu'on ne peut plus poser sur la frêle étagère pleine à craquer de flacons et de babioles de l'appartement parisien. Les bacs en osier se remplissent de soins en tout genre. On fouille dedans comme dans une malle.

Pour célébrer mon toit à moi, Eamon m'offre une trousse de soins de premiers secours. Il construit un tipi en haut du jardin. Cette activité lui prend toutes les journées de sa brève visite et se conclut par un violent lumbago. Dans mes coffres à trésors, je ne trouve rien d'assez puissant pour soulager Eamon. Nous allons à la pharmacie acheter des antalgiques. Il est déçu de ne pas trouver de médications analogues aux puissants antidouleurs américains et délivrés sans ordonnance. Assommé par la souffrance, il parle très peu. La maison est calme. Son énergie de tigre s'est transformée en celle d'un chat ronronnant. Combien je l'aurais aimé ainsi, modéré, silencieux, aux gestes précis comme il s'y applique pour ne pas accentuer sa douleur. Allongé sur le canapé, il passe une chanson que j'écoute depuis la salle d'eau où je lui fais couler un bain, sans mousse car je n'en ai pas. Un duo chante : «Je suppose que ça s'est mal terminé ? ».

Eamon a oublié son peigne en plastique bleu.

Une armoire de toilette a été livrée dans un nouvel appartement qu'Eddy a pris à son compte afin que nous puissions rester vivre à Paris et que Paul soit à proximité de lui. C'est aussi sa manière de nous protéger et sans laquelle je n'aurais jamais pu faire mon emprunt à la banque. Le meuble est si lourd qu'il faut une perceuse pour l'accrocher. Il est constitué de deux épaisses portes-miroirs à fermeture magnétique et gonds d'acier, derrière lesquelles trois grandes étagères appellent à l'ordonnancement. Une colonne à compartiments sépare les deux glaces. C'est la première armoire de toilette que j'achète, et j'ai quarante ans.

Dans une boutique afro, j'essaie une perruque synthétique pour renouveler le reflet de mon visage dans les nouveaux miroirs. C'est une coupe courte, mais longue dans la nuque, avec une frange lourde tombant sur le front. Je me prends en photo afin que le coiffeur imite au mieux le postiche. Je colore mes cheveux depuis quelque temps déjà. Je n'ai plus l'âge pour le châtain foncé, paraît-il. Il m'avait été conseillé une nuance claire pour illuminer mon teint. Je ne retrouverai plus jamais le sombre de ma jeunesse mais la frange inspirée de la perruque réanime mes épis, qui eux n'ont jamais disparu. Mes cheveux poussent si vite qu'au bout d'une semaine l'immanquable racine douteuse réapparaît.

Un dermatologue qui pique mon visage une fois par mois d'injections de vitamines, m'a proposé l'achat, dans son cabinet, d'un livre de gymnastique pour stimuler mes muscles faciaux et les aider à conserver leur tonicité, en plus d'être pleins de vitamines. J'exécute les grimaces du crapaud, celles du cheval et de l'iguane, mais je n'ai pas de patience et à peine de concentration. Je reprends contact avec des courtisans de mon adolescence : un camarade de mes quinze ans, un jeune homme ombrageux de mes seize ans. Certains soirs où Eddy dépose Paul, j'espère qu'il restera à la maison, par un brusque retour de flamme. Pour que cessent les pleurs de Paul quand il quitte l'appartement et quand il revient. Pour que Dora ne file plus se cacher dans sa chambre au premier coup de sonnette. Pour que la famille décomposée ne soit plus qu'un mauvais rêve. Mais Eddy repart. Devant la glace, je noue un foulard sur ma tête. La religion de l'homme que je ne vois jamais, mais-qui-vient-bientôt-c'est-promis, donnerait peut-être du sens à ma vie à bout de souffle. Enserrant le menton, le tissu accentue la cassure au niveau de l'« ovale dégringolé ».

Sous le lavabo, un meuble en bois. Il s'ouvre de l'index dans l'orifice de la porte. J'y ai rangé quatre boîtes à chaussures dans lesquelles on peut continuer à tout balancer en vrac : les tubes de médicaments, les sachets effervescents, les paquets de cotons à démaquiller, les pansements, les compresses, les sirops et leurs pipettes doseuses, ceux pour les enfants, pour les chats, pour le rat, pour les hamsters, le perroquet, les inséparables. Autour de la vasque, le marbre accueille l'abondance et la déréliction, l'envie de tout et juste après l'envie du rien, ce sentiment qui habite mes quarante ans. Pour tenter de canaliser la conquête de l'espace, j'investis dans deux corbeilles individuelles et je compartimente ; l'une recevra la famille des crèmes en tube et l'autre les inclassables : bijoux de pacotille, bracelets tressés main par Eamon, colliers-amulettes, bagues araignée, tête de mort, fil rouge, gel cheveux, coupe-ceci, stop-cela, spray anti-ou pour. En hiver, le radiateur mural surchauffe le tout. Le Parapoux empeste la salle de bain déjà irrespirable au minimum une fois par mois, suivi d'une longue plainte de dégoût pour celui qui y pénètre après la pose, le plus souvent tard dans la nuit.

Autour de mon cou : une chaînette où pend l'étoile de David. Achat ému, pas assumé du tout, dans le souk de Jérusalem. Je me regarde dans le miroir. Je glisse l'objet sous mon pull à col roulé. Je ne porte plus la médaille de mon baptême catholique depuis qu'un matin de cours d'histoire au lycée a été projeté le film *Nuit et Brouillard*. Mon esprit ne comprenait absolument pas les images de charniers qui défilaient sous mes yeux. Je venais d'un monde de Klorane et de brumisateur à l'eau de rose. Dans la seconde où j'ai vu l'horreur humaine possible, j'ai cessé de croire en Dieu, afin qu'il n'y ait plus ni enfer ni paradis. Ça s'est passé dans la cour du lycée. Des décennies plus tard et à défaut d'appartenir à un homme, à défaut de revenir au Dieu de mon enfance, au Dieu de la beauté du monde, j'aspire à me convertir à une religion qui me donne le sentiment d'être plus profonde, provoque en moi des émotions exaltées tout en réparant mon lourd chagrin de cour de lycée.

J'ai ressorti ma cape théâtrale à pompons que j'avais oubliée au cours du déménagement. Je la suspends derrière la porte de la salle de bain et m'en pare pour sortir de la douche. Je suis maintenant une femme qui se drape dans le tissu usé de son passé. Les enfants s'en servent pour essuyer leur petite bouche baveuse de dentifrice. J'aurais bien aimé qu'ils aillent s'agiter dans la salle d'eau, juste à côté de la cuisine, mais ils ont préféré la caverne-matrice. Comme personne ne va dans cette pièce, elle devient celle des chats et de leurs nécessités. Dans le bac à douche : deux niches à litière parfumée, pour les deux bêtes à poils angora, ainsi qu'un aspirateur, monopolisé tous les jours. Ce « débarras » avec lavabo devient, quand elle passe quelques jours avec nous pour m'aider, la salle d'eau de maman, qui s'en fiche, dit-elle, des bacs à chats, d'autant que c'est elle qui les nettoie quand elle est là. Maman a une nouvelle trousse de toilette en tissu vert façon canevas, brodée de roses, que je lui ai offerte pour sa fête. Entre la cuvette des WC et le lavabo, sur le muret accueillant déjà les sacs à litière, maman enroule, pour ne pas prendre de place, son pyjama bien serré contre sa nouvelle trousse. Sur l'étagère en émail au-dessus de la vasque : son dentifrice Téraxyl que je ne risque pas d'utiliser.

Bouteille bleu clair de Bétadine dans la colonne centrale. Une attaque virale s'est emparée de moi et m'a clouée au lit. À côté de l'antiseptique, le flacon couleur encre marine du parfum Je me souviens que je fixe tout en appliquant le soin iodé entre mes jambes. J'ai découvert Je me souviens sur le manteau de Caroline un jour que j'avais rendez-vous avec elle. J'avais été ravie par l'émanation qui s'en dégageait, fraîche et glamour, profonde et poudrée, bref, toutes les qualités d'un arôme séduisant et de l'idée que je me faisais d'une femme qui avait passé la quarantaine. Inexistant en magasin, je l'avais trouvé sur internet. Dès sa réception, je spray et m'engouffre dans le nuage de Je me souviens. Ma peau réagit au contraire de ma joie olfactive : en quelques minutes mes bras, mon cou, mes doigts, ma poitrine se couvrent de boutons. Tout espace épidermique ayant été mis en contact avec les molécules du parfum se transforme en cloques brûlantes. Urgence dermatologique : je suis sous antibiotique pour calmer mon allergie à Je me souviens. Ça me gratte, ça me gratte. Bétadine pour cette autre chose, là, entre mes jambes et qui me fait tant souffrir. Je suis une mère joyeuse, efficace, étourdie, fantaisiste et féroce. Je suis une femme en veilleuse, une femme qui pleure et qui guette, une femme qui attend elle ne sait plus quoi, qui rencontre des hommes c'est-sûr-c'est-lui, qui les quitte pour attendre encore. Une nuit que je lis avec grande difficulté un livre de philosophie, le mot « prisme » s'attarde devant mes yeux. Je ne sais pas ce qu'il signifie, et comme j'attends que le téléphone s'éclaire du message d'un nouveau c'est-sûr-c'est-lui, je ne me lèverai pas pour aller comprendre « prisme » dans le dictionnaire. Je n'ai plus la force d'aller chercher le sens parce que j'attends tellement. Il faut que je cesse d'attendre. Je m'arrache à mon lit, je traverse l'appartement jusqu'au dictionnaire dans le rayon scolaire des enfants. Je lis : « Prisme : Voir à travers un prisme : juger les choses suivant des passions qui les déforment. » Je retourne à ma chambre et j'éteins mon téléphone portable. Le lendemain matin, je change mon numéro d'appel ainsi que mon adresse e-mail que je bloque définitivement. Quelques minutes suffisent. L'attente disparaît immédiatement, mes allergies dans la foulée. Plus rien ne me démange. Je n'attends plus. Je suis confrontée au présent qui m'est peu familier.

Ce qu'on aime le plus, les enfants et moi, c'est traîner dans la salle de bain. C'est notre âtre ; moi assise sur la cuvette rabattue des toilettes, Paul sur le marchepied de la baignoire, Dora appuyée contre le meuble du lavabo, à chercher quelque chose dans son nouveau panier personnel ou dans une boîte à chaussures. Comme on s'y rassemble au quotidien, je leur propose d'y habiter et de louer les autres pièces pour arrondir les fins de mois. Ils hésitent, se demandent si je plaisante. Une part de moi aimerait bien cette vie triangulaire autour d'une armoire de toilette, à s'enduire de lait, une vie à se poudrer, à se masser, à se brosser, à se pomponner, à se maquiller, sans soin autre que celui porté à mon corps et à celui de mes deux forces de vie.

À quel moment n'ai-je plus vu mes enfants nus ? Quel matin dans le miroir ? Ils sont nés de moi entièrement dépouillés. Ils grandissent, et soudain je n'ai plus le droit de voir leurs corps dévêtus. Un jour ils me demandent, quand l'un ou l'autre prend une douche :

– Maman, tu peux m'attraper une serviette, s'il te plaît ?

– Oui bien sûr…

– Euh… maintenant tu peux sortir, s'il te plaît ?

Je tends un drap de bain bien chaud en direction de la porte opacifiée derrière laquelle se cache mon enfant. Je devine ma silhouette passer devant le miroir, l'immuable témoin, celui qu'on ne vire pas de la pièce.

Tube d'Homéoplasmine pour Paul afin d'apaiser les gerçures aux commissures de sa bouche et dont il ne revisse jamais le bouchon. Le gras translucide s'écoule lentement sur le plan du lavabo, ramolli par la chaleur excessive. Les savons liquides renversés au fond de la baignoire se vident lentement, tout au long de la journée. Dentifrice jamais refermé, sec, qu'il faut percer avec la pointe des ciseaux à ongles. Petit flacon dont l'onguent m'avait été recommandé quand j'allaitais mes nourrissons, à l'huile de giroflée et ambrée, que j'étalais autour du mamelon pour le protéger des fissures. Avant d'aller me coucher, je me reconnecte à ces instants purs et bruts que je ne revivrai jamais plus. Le nez dans le flacon, j'entends mes adolescents fureter encore sur le plancher de l'appartement, perturbés, comme chaque nuit, à l'idée de devoir se coucher. S'ajoutent, au-dessus de l'armoire de toilette, deux flacons : l'un à la fleur d'oranger, l'autre à l'eau de mélisse. Quelques gouttes imbibent un carré de sucre avant d'aller fondre dans leur bouche, enseignement reçu de mamie qui s'en envoyait un petit canard lors de toutes ses nuits d'insomnie. Efficacité modérée. Le savon liquide pour bébé Klorane n'est plus aussi parfumé qu'avant. Ou bien alors c'est mon odorat qui est moins performant. Stick cold cream nouvelle formule de Mustela autour de mes yeux et de mes lèvres : un nouvel espoir. Son achat en parapharmacie ralentit mon envie d'aller voir un spécialiste pour ces fines craquelures qui se font de plus en plus nombreuses autour de ma bouche.

La séance d'injection d'acide hyaluronique pour combler les petits plis funèbres fut très éprouvante. Cachant sous une grande écharpe mon visage baigné des larmes du repentir, je suis sortie avec des lèvres énormes (« Une vraie tête de mérou ! » aurait dit maman, classifiant vite dans la catégorie animale quelque chose de singulier sur un visage humain). Je suis allée me réfugier dans une salle de cinéma qui projetait un très long film, tout en palpant du bout des doigts le désenflement de ma bouche traumatisée. Je pleure le destin des héros du film en même temps que la pathétique course à combler le temps qui marque mon visage.

Caroline vient de perdre sa mère. Elle donne rendez-vous à ses amies au domicile de cette dernière afin que nous choisissions des objets pouvant nous toucher et nous rappeler son souvenir. Je prends les Chœurs de l'Armée rouge, restés dans la radiocassette sur la table de la cuisine. Dans la salle de bain, le désordre d'une vieille dame coquette : la tablette au-dessus du lavabo est le théâtre d'une collection d'échantillons de parfum et de vernis à ongles. J'ouvre l'armoire avec le suspense que j'éprouvais, enfant, quand, accompagnant mes parents à un dîner, j'allais tenter le diable en visitant la salle de bain des convives. J'y cherchais des yeux le familier, l'universel, les preuves rassurantes qu'on avait tous besoin des mêmes choses, mais j'y surprenais aussi leur singularité, leur mystère, la convoitise étant dans le détail. Chez la maman défunte, je retrouve l'éternelle Bétadine, qui décidément sauve de bien des maux, mais pas de tous, le talc, la Biseptine, les bandes Velpeau, la brosse à dents et le tube de Nivea. Un foulard de soie est encore suspendu à un crochet adhésif. J'écoute le silence de l'armoire de toilette. Le palais des miroirs a perdu sa reine.

Je passe la fin de journée dans une boutique de gadgets pour bien-être qui me réconforte depuis des années : toujours une babiole surprenante et peu onéreuse pour se sentir mieux. J'en ressors cette fois-ci avec un roller-masseur flexible pour raffermir l'ovale de mon visage. Les enfants veulent eux aussi jouer à se raffermir. C'est « roller-party » à la maison. On se masse chacun à notre tour en regardant la télévision, une assiette de pizza sur nos genoux. Je vais vérifier dans le miroir l'effet escompté au bas de mon visage rougi. Le rouleau a provoqué un coup de fouet dont je suis satisfaite. Je booste tout ce que je peux, je suractive tout espace de peau fragilisé. Je passe même le rouleau sur mes lèvres pour stimuler davantage l'acide hyaluronique injecté quelques jours auparavant dans chaque recoin des rides. Si je me souviens que la roller-party familiale était un vendredi soir, c'est que le lendemain je décorais ma chambre d'une guirlande de Noël offerte par Eamon, « pour ta chambre », m'avait-il écrit gentiment dans l'emballage postal, « celle que je ne connaîtrai jamais ». Je branche la prise au socle électrique. Des lumières bleu ciel clignotent vivement, et puis font *pfou*.

Le soir même, je reçois un courriel : c'est la mère d'Eamon. Elle m'écrit que son fils a quitté la vie. Je me souviens qu'un râle animal sort de ma bouche et que je dois m'allonger au plus vite : quelque chose vient de m'être arraché. Mes dents s'entrechoquent tandis que j'appelle Eddy au secours.

L'Hexomédine arrive dans l'armoire de toilette. Les cotons-tiges imprégnés du désinfectant restent échoués sur le rebord marbré. Dora a douze ans et commence à percer ses éclosions d'acné. Derrière la porte fermée, je l'entends qui rage, fulmine, ressort enfiévrée, marquée de rouge sur le menton. Les enfants passent de plus en plus de temps devant le miroir. Et moi, de moins en moins. Je tente, avec peu de conviction, la méthode du repulpant naturel dont j'ai lu la technique dans un magazine chez le coiffeur lors d'une « reprise » aux racines : je presse mes paumes sur mon visage, en cinq temps et pendant cinq secondes, de la mâchoire jusqu'aux tempes, pour faire remonter tout ce qui dégringole.

Avec sa classe, Paul est parti voir le pape. Il me rapporte une statuette de la Louve, mère de Rémus et de Romulus, aux mamelles gonflées de lait, que j'installe au centre de l'armoire de toilette. Il restait quelques centimètres vacants. Sa texture est grasse et crayeuse, voilà sans doute pourquoi elle a sa place dans une salle de bain. Dora vient encore de percer ses oreilles. Cette fois-ci elle s'est emparée du lobe supérieur. Face à son reflet, elle dévisse la boule d'acier implantée par le bijoutier et tente de nettoyer le frais orifice, toujours à l'Hexomédine. Le miroir lui renvoyant l'image inversée de son geste, elle n'arrive plus à enfiler la tige dans le trou frais du cartilage. Elle s'évanouit de panique. Vite, un sucre à l'Eau de Mélisse toujours prête à porter secours, adoucissant la peur des obscurités les plus diverses et les chagrins les plus profonds.

Un espace infime s'est créé entre mon incisive et ma canine. Je le sens sous la langue et je le vois. Qu'est-ce qu'il se passe encore ? Qu'est-ce qui mute encore ? Ça ne s'arrêtera donc jamais ? Devant le miroir, on fait le constat de l'urgence du moment, on ouvre l'armoire, on cherche le produit qui va aller dans le sens de son besoin, mais pour une dent qui dévie de son axe, j'ouvre la porte, et je ne trouve rien. Quelques jours plus tard s'ajoute sur l'étagère, contre la Louve, la gouttière dans sa boîte rose pour arrêter le temps sur mes dents.

La chanson que papa écoutait quand nous étions enfants et dans laquelle le chanteur fredonnait douloureusement que le temps passe vite est revenue à ma mémoire, et c'est désagréable d'avoir en tête un air dont on ne veut pas. Pour contrecarrer cette ritournelle pesante, je me suis décidée à apprendre par cœur les paroles en français du film *Le train sifflera trois fois*. Je n'ai jamais oublié ce western ; pour son gracieux et mélancolique leitmotiv, la beauté de l'homme mature, Gary Cooper, mais aussi le suspense suscité par les plans répétés des aiguilles d'un cadran. Le beau shérif à la peau fatiguée avait une heure et demie pour éliminer les bandits. Toutes ces émotions agréables, tous ces petits frissons, je les vivais du temps lointain et si protégé où, avec mes frères et mes parents, nous nous regroupions devant l'écran de télévision.

Sébastien est devenu professeur de collège et j'espère qu'il ne dit pas « Vivement ce soir qu'on se couche ». Étienne est parti au pays du train qui siffle trois fois et chante sans doute la version originale. Je m'étais promis depuis quarante ans d'apprendre la chanson dans son intégralité. La dent qui a bougé précipite ma liste des « petites choses à accomplir ».

J'applique la crème anesthésiante deux heures avant mon rendez-vous chez un ponte de l'électrostimulation. La crème a pour but d'atténuer la douleur du courant que le maître esthéticien infiltre sous ma peau, à l'aide d'une très fine aiguille, pour faire vibrionner les ridules autour des lèvres, des yeux, du front, tout cela dans un seul et même objectif : ragaillardir le collagène dont mes cellules ont ralenti la production. J'aime la sensation de mon visage au cours des deux heures préalables aux décharges électriques : ma bouche figée semble avoir repris son pulpeux d'origine, mon front est calme comme un lac sans vent. Je serais bien tentée de mettre de la crème anesthésiante en guise de crème de jour et d'arrêter les électrochocs onéreux. Je me demande bien lequel est le moins pire.

Je fais connaître à Dora la série culte de mes treize ans en regardant avec elle *Les Dames de la côte*. Alors que je m'identifiais à tous les personnages mais plus difficilement à l'héroïne, qui me paraissait inaccessible parce que trop belle et trop intense, Dora, elle, dès la fin du premier épisode, s'engouffre dans la salle de bain pour en ressortir les lèvres maquillées comme le personnage de Fanny. Son nouveau visage apparaît. Celui d'une future jeune femme.

Dans l'armoire de toilette, j'ai ajouté un compartiment spécial « nerfs à vif » : magnésium marin pour calmer le trio atomique que nous constituons. Une bouteille de Synthol pour frictionner là où les os grandissent – comme me l'ont enseigné papa et maman quand j'avais les mêmes douleurs –, ainsi que des gélules de fer au cas où le magnésium ne soit pas suffisant. Comprimés de zinc pour aucune raison spécifique mais ça ne peut pas faire de mal. Euphytose, Sédatif PC que je distribue comme un prêtre une hostie au moment du coucher des enfants, tout en m'en glissant deux comprimés sous la langue.

Bande d'épilation Veet rangée à la verticale contre le boîtier dentaire. Râles qui résonnent dans la cour de l'immeuble, et tard dans la nuit, entre Dora, enfermée dans la salle de bain, et Paul qui veut encore aller fouiller quelque chose. Le compartiment « nerfs à vif » est à revoir.

Lors d'un été en Dordogne, dans une pharmacie, les enfants et moi découvrons une eau de Cologne comme l'aurait aimée mamie. La pharmacienne me dit que la production est terminée. Confirmation que les choses qu'on aime ne durent pas. Je prends ce qui reste en boutique, au nombre de deux flacons à l'étiquette désuète. Je n'ai toujours pas commencé à rembourser ma maison. Quand j'ai de l'argent, j'achète de l'eau de Cologne et avec les enfants, on se baigne dans les rivières.

J'ai ajouté une nouvelle corbeille en osier sur le plan du lavabo afin d'y ranger crayons à lèvres, à yeux, mascara, touche éclat, cache-boutons et anticernes, tout objet long et cylindrique, ce qui permet de trifouiller efficacement, dans un geste de grattage transversal. Chaque soir, je me promets de me maquiller le lendemain. Je ne le fais que pour les grandes occasions. Or chaque matin de la vie devrait être une grande occasion. J'ai opté pour une poudre à paupières gris irisé que je m'engage à mettre régulièrement derrière mes premières lunettes de correction + 0,50. Pour éviter de demander aux enfants, trop souvent dans la journée, « Quelqu'un a-t-il vu mes lunettes ? », je tente de faire adhérer une lentille de contact à la rétine de mon œil affaibli, la tête légèrement inclinée sur le côté. Le pouce et l'index de la main gauche écartent les paupières. Dans le miroir, le geste reflété rend impossible la pose du disque concave et tremblotant. J'éprouve la même fureur que Dora lors de la remise en place de sa boule de piercing. Ma frustration entraîne des secousses nerveuses de mon index au bout duquel frissonne le fin silicone. L'échec se conclut par des hurlements d'impuissance qui résonnent encore dans la cour de l'immeuble. Mascara spécial « couvreur de racines » pour ralentir les visites chez le coiffeur. La brosse laisse derrière son passage des pâtés noirs que j'étale avec l'index dont j'ai calmé les spasmes en renonçant à poser la lentille de contact.

J'ai bientôt fini le parfum Chantilly, alors je n'y touche plus. Je ne regarde pas sur internet si la fragrance est vendue en ligne. Je préfère laisser le flacon tel qu'il est, pas tout à fait vide, pas tout à fait terminé, comme un lien avec le passé qui m'attend chaque matin dès l'ouverture de l'armoire : son achat une nuit de printemps à Brooklyn, après avoir mangé des calamars frits avec Eamon, après avoir encore crue possible ma vie avec lui. Chaque matin.

J'applique de la Biafine pour étudier si ça n'est pas sur elle qu'il faut miser pour arrêter le temps sur la peau. Je mettais cette crème sur les fesses irritées de mes deux nourrissons puis sur nos coups de soleil et le résultat était probant. Odeur de bébé garantie sur mes rides.

Dora va passer le bac et je ne passe à rien. Je n'ai pas franchi la conversion au judaïsme. Je n'ai pas réussi à être une femme spirituelle et concentrée sur le juste sens de la vie, le juste sens des contraintes. J'ai vécu une expérience Botox pour défroisser les rides de mon front et mes paupières sont tombées d'un coup sur mon regard déjà affaibli. La détente soudaine des nerfs au-dessus de mes sourcils s'est produite en une nuit. Je me suis réveillée et tout était lissé, les rides, les ridules, et surtout la vie dans mon regard, rendu imperturbable.

Papa et maman sont assis tous deux dans leur petit salon avec vue sur la plage de galets. Maman reste chavirée par le départ de son petit-fils : Paul est en route pour la Californie. Un taxi est venu le chercher pour le conduire à l'aéroport. Je vais le rejoindre dans quelques jours. Je retourne au pays d'« Oil of Olaz ». C'est l'occasion d'une expérience qui durera un an. Maman a très peur qu'un tremblement de terre nous anéantisse. Devant leur meuble de toilette ouvert comme un tabernacle, je détaille les petits riens qui prennent soin de mes parents. Je m'en remets à eux. Aimer ces baumes et ces brosses, c'est aimer mon père et ma mère sans qu'ils le sachent, pour ne pas les embarrasser. Simplicité que celle de leur vie, ordonnancement de leur armoire. La paire de ciseaux pour frange asiatique tient compagnie à un gros coupe-ongles. Les ongles de mes parents se sont épaissis avec le temps, ce que je découvre au bout de mes propres orteils. Je m'étais pourtant juré de ne jamais utiliser de clip en acier au bruit sec et implacable. Brosse à cheveux et peigne coquillages. Seuls les objets sont immuables. Je voudrais me dédoubler en une fiole de mes parents pour rester avec eux. Maman continue de mettre la crème « réparatrice de nuit », comme par politesse. Elle a été une petite fille blonde à la peau veloutée, une belle jeune femme au sourire mutin, puis peu à peu elle est devenue admirative et envieuse des autres peaux, plus denses que la sienne, brillantes avec ou sans crème, qui ne bougeaient que peu, tandis que tombait la plaie de l'assèchement sur son visage, sur sa bouche aux lèvres gercées hiver comme été, tout en ne faisant pas grand-chose pour y remédier. Cette mère à l'épiderme fin et fatigué quand je lui fais la bise rituelle du matin et du soir, cette mère qui a eu beaucoup de chagrins, qui a pas mal ri aussi, cette mère avec sa tête de souris, ses petites oreilles, ses petits yeux scrutateurs, inquisiteurs, cette mère avec son air de clown et d'enfant vieille qu'elle est devenue. J'embrasse du regard les objets qui veilleront sur leur corps comme des sentinelles derrière les miroirs. Je referme l'armoire de mes parents.

Avant de quitter l'appartement parisien où j'ai vécu avec mes enfants, je rêve aussi devant le foutoir. Je voudrais figer dans ma mémoire notre cellule familiale qui fut si intense au cœur de cet antre. Notre fusion triangulaire est terminée.

Face au miroir de la salle de bain, à Los Angeles. S'y reflètent le ciel bleu ainsi que les bougainvilliers roses et fuchsia qui courent en cascade sur le mur du jardin : derrière lui, une avenue surlignée de palmiers tanguants. Au pied du lavabo : un sac plastique. C'est mon nécessaire de toilette. Je l'ai apporté de France. Je ne veux pas acheter de produits superflus car je sais déjà, par expérience, qu'ils seront décevants. Mascara et crayon à lèvres au cas où je me décide à me maquiller. Je n'ai pas oublié mon parfum à l'odeur de sable à marée basse, introuvable en Amérique. On m'en fait beaucoup de compliments, les femmes surtout. Les hommes ne disent rien. Ils semblent avoir perdu l'odorat ou ne plus savoir exprimer une flatterie, laquelle pourrait être mal interprétée. Ou alors ils ne s'intéressent plus à moi, ce qui est une probabilité envisageable.

Je n'avais jamais vu un figuier de Barbarie aussi gigantesque, je n'avais pas encore senti le jasmin dans les soirs d'hiver. Je commence une longue période de contemplation. Je dis ou pense le mot « beau » plusieurs fois par jour. La lumière quotidienne du plein soleil se prête à exciter mon enthousiasme. Mais l'air est si sec que mes lentilles se dessèchent à son contact à peine sortie dans la rue. C'est dommage car j'avais enfin trouvé la méthode pour les poser sur mes iris, après des matins d'entraînement et beaucoup de hurlements. Je ne trouve d'eau micellaire nulle part. L'Amérique n'en a pas. Je nettoie mon visage sur des carrés de tissu éponge qui nécessitent de l'eau qu'il faut faire couler longtemps pour qu'elle devienne chaude et qui sèchent très mal. Je dois sans cesse les passer à la machine. J'ai oublié d'en parler à maman pour connaître son opinion, elle qui a des astuces mais aussi des verdicts, toujours inattendus, sur presque tous les sujets. Au-dessus du lavabo, sur la tablette de faïence, s'est ajouté un nouveau dentifrice. Mes lunettes correctrices me permettent d'identifier le dessin d'un lapin certifiant la pâte savonneuse non testée sur un animal de laboratoire. Je n'ai pas pensé à vérifier la présence de la petite bête sur le flacon du savon liquide Dove que j'ai fait découvrir à Paul et dont j'aimais le parfum du temps de ma vie avec Eamon. Il n'a pas changé, et Paul l'apprécie également.

Il m'a été conseillé de mettre de l'écran total chaque matin. Le soleil est si fort qu'il pique la peau. Le Botox injecté juste avant mon départ m'empêche de froncer les sourcils ou de plisser les yeux. Ces derniers ne clignent pas face à l'adversité des puissants rayons et j'oublie de me protéger la peau. Des taches beigeasses, qui n'ont rien à voir avec celles de la rousseur enfantine, apparaissent sur mon front. Ma vue de près ayant chuté, elle m'évite de constater les dommages du temps, sauf le soir, quand je me penche vers le miroir éclairé au néon. Je conclus mes soirées par l'antirides que j'applique depuis des années, du temps de Pierre et des premières pattes-d'oie. Je compte énormément sur le masseur à radiofréquence qu'une esthéticienne parisienne m'a recommandé avant mon départ. Un gel visqueux et unique dans ses composants s'étale sur la peau avant que j'enclenche le petit boîtier métallique, préalablement humidifié par mes doigts afin que la rencontre de l'électricité et du gel relance le collagène de mon épiderme ; le tout de façon révolutionnaire et innovante. Je le passe sur mon cou, sur mes lèvres, sur mon front. Je sens un léger picotement qui me rassure : il y a effectivement stimulation. J'ai remarqué que la couleur naturelle de mes lèvres avait pali. La découverte s'est passée au réveil d'une nuit californienne. Dans la salle de bain, devant le miroir, leur rose pourpre avait disparu. Le vibreur à électrons libres vient calmer mon nouveau désarroi.

À la caisse des supermarchés sont vendus les mêmes baumes, aux mêmes parfums qu'il y a vingt ans, mais maintenant agrémentés de teintes allant du rose pâle au marron glacé. J'en prends un qui me rappelle la couleur disparue de mes lèvres. Je le garde en permanence dans mon sac. Je recommence : j'achète.

Une teinture dite naturelle m'a fait perdre beaucoup de cheveux et me démange la peau du crâne. Je décide d'une coupe courte. Le coiffeur hésite : « C'est vraiment ce que vous voulez ? ». Des années plus tôt, j'ai porté les cheveux courts et je plaisais beaucoup. Sur Sunset Boulevard, dans le reflet des vitrines de magasins, je ne ressemble à rien de ma jeunesse. Les hommes ne me regardent toujours pas, si ce n'est encore moins. J'ai l'air d'une religieuse au parfum de monoï qui aurait fait un vœu de renoncement pas très clair.

Papa m'appelle au téléphone : maman est morte ce matin. Elle est tombée dans la salle de bain.

Je suis devant le grand miroir mural qui a vu le reflet de maman disparaître au sol. À droite du lavabo, papa a retiré la brosse à dents de sa femme du gobelet familial. Il en a contenu cinq, puis trois, puis deux. Il en reste une, dans le verre en plastique blanc imprimé d'une fleur de bluet, à l'odeur fluorée. Je m'allonge sur le tapis de la salle de bain. Je cherche encore un peu de la vie de ma mère, ses ondes qui ont vibré alors qu'elle se séchait le corps ou se badigeonnait en secret. Dans le placard, à gauche de la cheminée, son lait de toilette Mixa bébé. Quelques élémentaires de maquillage dans un sachet en cellophane : mascara, fard à joues, poudre à paupières. Je les lui avais offerts pour son anniversaire, quelques mois plus tôt, la veille de mon départ pour l'Amérique, comme si j'avais espéré une dernière fois qu'elle s'y mette et que je suive son exemple. Ils sont encore dans leur emballage. Maman n'a pas eu d'occasion exceptionnelle pour les honorer. Son soin de nuit « anti-âge » à peine entamé se retrouve le soir même dans mon sac plastique.

Je n'ai toujours pas de trousse de toilette et j'ai quarante-huit ans. J'ai eu une poche de toilette, utilisée lors de mes séjours en colonie de vacances et dont je revenais en avance tant mes parents me manquaient. Un sac plastique me convenait amplement, pour y balancer le nécessaire et fouiller ensuite.

Je me couche dans mon lit d'adolescente. Devant moi, sur l'étagère : la cruche de toilette de mémère ainsi que son polisseur à ongles en peau de chamois. Maman a rejoint sa grand-mère dans le monde invisible à l'œil nu. Au pied du manteau noir de la cheminée de la chambre, le chien en crochet tricoté par mamie monte la garde du passé, assis sur la chaise basse et lourde. Au-dessus, trône un grand miroir sous le cadre duquel j'avais coincé des photos : je pose avec l'indolence de mes rêves bohèmes. Mon regard étiré a quitté mon visage depuis longtemps ainsi que son éclat déterminé. Mon long cou lisse est moins long et moins lisse mais je me les rappelle très bien. Ils sont gravés dans ma mémoire sensorielle à la manière des cercles concentriques d'un tronc d'arbre. Je peux encore les deviner. J'applique le gel hormonal sur mes cuisses, pour éviter les bouffées de chaleur de la ménopause. J'ai eu peur de cette dégradation féminine pendant longtemps. Elle est arrivée un soir que je dînais tranquillement avec Paul. Une menace sombre comme à l'approche d'un typhon suivie d'une sueur glacée avaient déferlé dans mon corps en à peine quelques minutes, le temps de me donner le vertige et de me couper l'appétit. Aucune Eau de Mélisse, aucun Synthol, aucun lait Mustela n'était à proximité pour calmer ma sidération. J'ai redouté la mort de ma mère, persuadée que je ne pourrais jamais vivre sans sa présence sur la terre. Les deux craintes sont arrivées au même moment. Pour l'une, j'ai un gel de substitution. Pour l'autre, je mets sur ma peau le baume réparateur de maman. Je perpétue son geste. Je me répare.

Dora nous a rejoints en Amérique, Paul et moi. J'arrive à m'émerveiller à nouveau et à redire « C'est beau ! » plusieurs fois par jour. J'ai même réussi à passer la nuit avec un homme, mais il a dormi sur le canapé de son salon car je ronfle fort. Je ne le savais pas. Je ne le contredis pas d'un : « C'est impossible, je dors sur le côté ! », ce que répondait maman quand ses petits-enfants lui faisaient remarquer ce désagrément nocturne auquel elle était sujette et dont je découvre l'héritage dans mes propres nuits. L'homme me suggère de le rejoindre la nuit suivante, pourvue d'un écarteur de narines.

J'ai cinquante ans. J'aide Dora à aménager son premier studio à elle toute seule au pays de son père. J'agis comme mes parents l'ont fait lorsqu'ils m'ont installée aux portes de Paris. Je continue à la mettre au monde. À l'intérieur de la salle d'eau, déjà le foutoir : la brosse à dents et celle pour les cheveux gisent au creux du lavabo. Le tube de dentifrice ouvert ne sera probablement plus jamais refermé, le savon liquide a entamé son lent écoulement en direction de la bonde de douche. Mais soin absolu pour les tatouages qu'elle vient de faire graver sur sa peau. Des dessins colorés ont recouvert l'épiderme qui fut celui de mon bébé. Pour assurer l'hygiène post-intervention, trônent, sur la tablette en émail et avec maturité : le film plastique, le savon spécial peau fraîchement tatouée ainsi qu'une crème antiseptique. Dora a décoré son miroir d'une guirlande de Noël.

Nous allons quitter Los Angeles où nous sommes restés bien plus longtemps que prévu. De retour en France, je me séparerai également de mon petit garçon qui va avoir dix-huit ans. Mes cheveux ont repoussé. J'ai le teint hâlé chaque jour de l'année. Ce soir, dans une lointaine banlieue de Californie, je dîne chez un homme que je connais à peine et qui m'a invitée à découvrir la cuisine qu'il a montée lui-même. Au cours de la soirée, je lui demande la direction de sa salle de bain. Tout en me lavant les mains, je jette un œil au lieu intime. Sur l'étagère au-dessus du lavabo, une brosse à dents et du dentifrice. Rien d'autre. Dans le coin de la douche, une barre de savon et un shampoing. Rien d'autre.

J'observe Paul finir de ranger consciencieusement ses pots et ses tubes dans l'armoire déjà fournie de son endroit rien qu'à lui. Il n'aime pas trifouiller. L'Hexomédine est resté dans sa vie. Mais ni lait pour bébé ni Eau de Mélisse n'ont suivi son entrée dans le monde adulte. Il referme la porte de son armoire de toilette en un *clic.* La porte du hall claque doucement derrière moi. Je me retire de sa vie.

Etor, l'homme spartiate que j'apprécie de plus en plus, vient tout juste de s'installer loin de la Californie. La vie économique l'a contraint à s'éloigner de l'opulente région. Dans la salle de bain du chalet, j'applique sur mes cheveux une couleur temporaire qui ne démange pas le crâne. Je la laisse poser vingt minutes sous une charlotte de plastique. Je reste enfermée afin qu'Etor ne sache rien des mystères d'une femme qui a passé la cinquantaine, alors qu'il les devine aisément. Tout en répandant le soin sur mes mèches, je pense à mon amie Sylvie qui colore ses poils pubiens. C'est même prédominant dans sa vie de femme. Puis un souvenir en amenant un autre, je me revois devant la télévision avec mes parents. Sur l'écran, une vieille femme est morte ; sa fille lave le corps étendu de sa mère sur une table pour la toilette mortuaire. J'aperçois une toison entre les jambes de la défunte et je comprends que ce qui est en train de pousser atrocement sur mon bas-ventre sera un jour, en plus de toute l'horreur s'accomplissant déjà, très dense et tout gris. Récemment un poil blanc est apparu, et ce que j'ai redouté depuis l'adolescence a disparu du fait même de son apparition, comme la peur de la mort de ma mère a disparu avec sa mort, comme l'angoisse de la ménopause s'est évanouie avec son couperet fatal un soir de dîner bien tranquille. Je ressors de la salle de bain, un châtain monochrome sur la tête. Etor passe ses doigts lourds et denses dans mes cheveux, appréciant le boulot fait maison. Je me convaincs de vivre avec lui dans son nouveau lieu : un désert de montagnes. J'essaie de revisiter mon rêve bohème : je serai la Française du sable rouge, je donnerai des cours dans ma langue maternelle. Etor et moi offrirons le yourte et le couvert pour touristes sur le chemin du Grand Canyon, avec un supplément « cours de soupe à l'oignon » ou de « flamiche comme la faisait maman ». Ça serait une autre vie, aux journées lentes, bouclées par un coucher de soleil chaque soir spectaculaire. Mais je ne suis pas prête pour cette existence et les terres trop lunaires m'inquiètent. Je confie Etor aux falaises ocre et roses. Je retourne à mon paysage simple et moussu comme celui d'une maquette pour train électrique.

Face au miroir rond, sous mon toit à moi, dans cette maison qui n'a pas trouvé d'homme pour aller avec. Je ne vivrai plus à Paris, la capitale de Loulou, de Charlie et de mes grandes enjambées gitanes. Le meuble en osier a pris un sacré coup de vieux. Durant ma longue absence, il a empesté la salle de bain d'une odeur de moisi. Le bazar amoncelé dans ses profonds tiroirs ressemble désormais à une relique de grenier. Je ne touche pas au chalala oublié sur l'étagère déjaunie ni même au tube d'Homéoplasmine. Une petite montre, offerte par Paul enfant pour la fête des Mères et que je n'ai jamais portée, est restée elle aussi au coin de la tablette. Mais qui a pris le peigne bleu d'Eamon ? Il a toujours été à cette même place, la place de l'oubli, là, oui, sur l'étagère !

À cinquante-deux ans, mes cheveux sont longs et la couleur « havane » est parfaite pour mon teint. Elle disparaît au bout de quatre lavages, mais j'ai le temps, au cours de la belle et brève nuance, et après toutes les promesses faites à moi-même des décennies plus tôt, de me coiffer comme les héroïnes romanesques de mon adolescence : je porte les cheveux en bandeaux. Retrouver le temps perdu prend parfois quelques minutes : il suffit de sécher ses cheveux puis de tracer une raie au milieu.

Je marche dans les rues de Paris avec Etor, avant son retour au désert. Je traverse la ville en touriste, comme l'homme à qui je tiens la main. Dans une bijouterie « fantaisie », Etor achète les boucles d'oreilles gracieuses et de pacotille que je convoitais. Avec lui, je veux connaître cette expérience : avoir les oreilles percées. Je promets à Etor, lorsque je le reverrai, d'avoir les breloques de part et d'autre de mon visage.

Pour Noël, Dora m'accompagne à la galerie marchande où elle m'offre le piercing de ma vie. J'ai peur d'avoir très mal et j'ai besoin qu'elle me tienne la main. D'autant que je vais transgresser l'interdit suprême : maman a refusé fermement que j'aie des trous aux oreilles, d'un « Ça fait mauvais genre » irréfutable. J'en ai envié, des camarades de classe, avec leurs anneaux dorés de baptême, légèrement ondulés. Je suis encore enfant et je trouve des poupées décoratives en mousse desséchée et oubliées dans le grenier de mamie. Par un heureux hasard, l'une d'elles porte deux cercles de métal souple en guise de bracelets. Je les usurpe du bras de la poupée momifiée, en écarte la jointure et les pince sur mes propres lobes. Le résultat est très satisfaisant le temps de quelques minutes, puis mes oreilles s'échauffent et virent écarlates. Autre souvenir, autre tentative échouée : je suis devant le miroir de la salle de bain-couloir, je presse lentement un tube de colle à paillettes pour former, sur mes lobes, deux boules scintillantes, à peine visibles et qui tiendront quelques heures, avant de tomber d'elles-mêmes. Me revient à la mémoire un autre regret d'anneaux : comme tous les mois d'août, faisant face à notre maison de location au bord de l'océan Atlantique, la même famille installait sa caravane sur un terrain non constructible. En fin de journée, Maryse, qui a mon âge, sort toujours son accordéon. Un soir, nous sommes invités à l'apéritif et je peux contempler de près les ongles vernis rouges de Maryse courant et cliquetant sur les touches nacrées de son instrument, le chignon à peine maintenu par une pince à froufrou. Surtout, surtout, je vois ses très grands anneaux argentés. Penchée sur l'accordéon, elle sourit à elle-même et parfois aux convives. Elle écoute avec nous les notes qu'elle crée sous ses doigts. Mon rêve bohémien a peut-être commencé ce soir d'apéro, ce soir de caravane, de vernis rouge, de socquettes sous les chaussons, des longues jupes que portait Maryse. Jeune femme, j'ai oublié de désobéir. L'interdiction de maman, qui n'avait pas les oreilles percées, fut si puissante qu'elle s'était figée en moi.

Chez le bijoutier, je serre la main de Dora. Ça la fait

rire : « Maman, quel bébé tu es. » En une fraction de seconde, mes oreilles sont percées et je n'ai rien senti, mis à part le sentiment de briser l'interdiction de maman. Comme l'experte Dora me l'a conseillé, je nettoie au coton-tige l'espace entre ma peau et l'acier la traversant. Je relie ma jeunesse fantôme au temps présent par le passage de la pointe inoxydable dans ma chair. Je marque la mort de ma mère en faisant à mon corps le trou du « mauvais genre ».

Pendant d'interminables jours, je porte des boules chirurgicales peu gracieuses pour consolider la perforation et habituer mes lobes aux intruses. La vision des anneaux offerts par Etor excite mon envie de pénétrer dans le jardin défendu : le terrain non constructible de Maryse l'accordéoniste. Face au miroir, je dévisse les boules et glisse les larges cercles sertis de fausses pierres noires. À la manière de Dora un après-midi de son adolescence, je peine à glisser la pointe du bijou dans l'orifice. Mon reflet inversé, le manque d'entraînement, le contre-jour et ma faible acuité visuelle, tout ce cafouillage sur mes lobes aboutit au fiasco : quelques minutes suffisent à ma peau pour rejeter le métal des breloques et l'exprimer en une allergie virulente. Fin de l'expérience du bijou défendu. Elle aura duré quelques heures. J'ai eu le temps d'envoyer à Etor une photo de mon visage radieux aux boucles bohème. Elles m'allaient très bien. C'était d'un chic !

Mes cheveux blancs se révèlent un peu plus chaque matin, bien au-delà de leurs racines. Je les vois aussi sur la tête des quelques femmes de mon âge que je croise durant notre heure extérieure autorisée par le gouvernement. Nous sommes soumises au gris. J'ai dû quitter Etor et son désert plus tôt que prévu. Je me sentais protégée par Etor mais pas par l'Amérique. Maintenant, je marche seule. La nature est splendide et le monde triste à pleurer ; ce que je fais, dans les bois grinçants et fleuris. Je mange debout au-dessus de l'évier, tout en observant les chevreuils. L'un d'eux vient régulièrement observer son reflet dans une glace à pied posée contre un pin du jardin. Je prends le temps de me souvenir un peu et de me projeter à peine. Je suis forcée au gris des cheveux et à l'immédiateté.

Le confinement me donne le temps de replonger dans les cartons de l'ancien appartement parisien que je n'avais pas eu le temps d'ouvrir. J'y retrouve une série d'assiettes en barbotine, qui avait été enveloppée et protégée par la sortie-de-bain de mamie. Je ne savais pas le tissu si fatigué. L'éponge a disparu sur la majeure partie du dos et un pompon a sauté du col en corolle. Maman en aurait fait des carrés de chiffons à poussière pour ne pas gaspiller. Ce que je ne fais pas. Je jette.

Je profite de ce temps imposé rien qu'à moi pour continuer la liste des choses à accomplir : apprendre l'italien, lire ce livre, découvrir ce film qui attend sur une pile depuis quinze ans, regarder ce portrait de Karl Marx, m'intéresser à Frida Kahlo, réécouter Claude Lévi-Strauss, connaître le destin de Jeanne d'Arc, revoir le visage et réentendre la voix d'Henri Krasucki. Sans ordre de préférence. Mais ne me vient pas à l'esprit de prendre le bain de ma jeunesse. N'ayant ni Obao, ni peignoir de soie, je n'y pense pas. Mon corps est bien plus possédé par l'envie irrépressible, ou le besoin anxiogène, d'un tri général de la maison, allant des lettres faxées conservées dans une valise et devenues illisibles jusqu'aux cassettes audio et VHS dont les bandes sont devenues trop altérées.

Un autre rangement se prépare : celui des tiroirs-foutoirs malodorants de la salle de bain. Dans le garage m'attendent deux grands cartons à l'intérieur desquels j'ai imbriqué à la va-vite les boîtes à chaussures et les corbeilles pleines de notre ancienne vie triangulaire, aux enfants et à moi. Presque tout est périmé. Je jette le stimulateur à gel ionisant et la boule piquante à réfrigérer pour modelage de collagène avec pulseur d'acide vitaminé. Mais je suis bien contente de retrouver le roller-masseur flexible ainsi que la louve de Rémus et Romulus. De ces tris, je garde essentiellement ce qui est sujet aux souvenirs précieux. Le reste part à la déchetterie, très fréquentée en période de confinement. Une fois vidé de ses contenus, le meuble en osier fatal finira lui-même dans une benne.

Sous la glace ronde qui a vu mes enfants grandir puis partir, l'unique tablette en plastique fragile est désormais vierge. Plus aucun sérum, plus aucune pacotille. Je m'y regarde, avec l'aide de mes lunettes dont la correction a encore augmenté. J'ai fait l'acquisition de deux bougies imitation « flamme vacillante » dans un magasin ouvert aux nécessités de la vie. Je les allume le soir, de part et d'autre de l'étagère dénudée, pour me préparer à la nuit. J'ai également acheté une crème pour le corps à l'huile de coco, peu onéreuse tout en sentant le chaud rassurant. Il y a quarante ans, je m'étais promis de l'avoir toujours à portée de main : je possède désormais un brumisateur à l'eau de rose, comme mamie. Une petite étagère en fer-blanc façon « jardinière » a remplacé les bacs en osier. J'y ai ordonné quelques boîtes en toile de jute aux fonctions sommaires et spécifiques. L'une pour les cheveux : une brosse, quelques élastiques, deux barrettes, une série d'épingles et un peigne neuf en bois. Une autre pour le Doliprane au cas où j'éprouverais des symptômes apparentés au virus qui frappe le monde, ainsi que mon traitement hormonal. La dernière est réservée aux compresses, aux pansements, aux désinfectants et aux deux tire-tiques destinés aux chats mais que j'ai conservés pour leurs services rendus à toute la famille.

Dans le grenier, j'ai retrouvé une petite caisse en bois fin, peint d'une seule couche de couleur noire et mate. Elle appartenait à mon arrière-grand-père Denis, l'époux de mémère aux longs cheveux. Le coffret, officiel, contenait ses effets personnels lorsqu'il fut mobilisé, lui et son cheval de trait Lulu, pour servir à la Première Guerre mondiale. Chaque soldat partait avec sa boîte rien qu'à soi. Denis l'a emmenée au cœur de l'horreur. Il en est revenu, avec sa caisse mais sans Lulu. Un jour, elle est arrivée jusque dans ma chambre et j'y ai rangé mes poupées Barbie puis ma collection de galets. Dans la lumière de printemps du confinement, les cailloux ronds, cloîtrés depuis des décennies, ont retrouvé l'air libre : ils bordent désormais la petite mare du jardin. À l'intérieur du coffret de Denis, je dispose les parfums qui ont jalonné ma vie : l'essence d'héliotrope, l'huile de giroflée spécial allaitement, le Chantilly, le Je me souviens, l'eau de Cologne introuvable, le parfum prodigieux à l'odeur de sable mouillé et d'immortelle, le Shalimar de maman, ainsi que son flacon Arpège dont je ne connaîtrai jamais le secret. Les fioles se tiennent compagnie, bien droites dans la boîte à soldat.

Etor approuve vivement mon choix de crème à l'huile de coco. D'ailleurs il en a trouvé une promotion de deux flacons pour le prix d'un. C'est l'esprit Etor. Je lui ai dit oui pour beaucoup de raisons, dont celle d'avoir délaissé le désert rouge et sec pour une vallée verte et humide. Une autre, pour son encouragement à stopper la coloration de mes cheveux pour accéder, selon ses convictions, à plus de liberté. J'ai dit oui à Etor aussi car il me protège de mes mauvaises pensées. Mais je dis non à Etor quand il me demande de considérer l'idée de remplacer la baignoire étroite et incurvée de la salle de bain pour une douche large et plate. Je suis si butée qu'il n'insiste pas. Comment lui expliquer que je n'ai toujours pas renoncé à faire tomber un peignoir de soie pour me glisser dans un bain moussant d'eau bleu lagon ? Alors Etor me dit non aux savons liquides Authentique Madeleine et Quatre quarts breton pourtant très bon marché, au flacon cent pour cent recyclé, issus d'une série de gels douche dédiée aux réminiscences de l'enfance, d'une enfance française, certes. Mais parmi « mes bouteilles et mes bouteilles, mes boîtes et mes boîtes », sur la jardinière de la salle de bain que je ne savais pas avoir déjà surchargée, Etor a découvert l'eau micellaire : il ne connaissait pas sa fonction et en approuve la douce efficacité. Pour la fête des Mères, Paul m'a offert le Chanel numéro 5. Je le porte pour les grandes occasions.

Je vais dans la salle de bain me préparer au coucher. Je m'étire et je bâille avec volupté. Ce qui était exceptionnel devient récurrent. Dans un silence de chapelle, j'allume les bougies « flamme vacillante » aux deux extrémités de la tablette. J'y maintiens une certaine sobriété : un sucrier rétro contient nos brosses à dents, à Etor et à moi, ainsi que le dentifrice. Ma timbale de baptême en laiton suffit pour me rincer la bouche comme me l'a enseigné maman. Un ancien beurrier en forme de coquillage tolère les bouts de savon de Marseille qu'Etor veut absolument user jusqu'à dissolution. Une petite boîte ronde contient mes uniques breloques : dont la paire d'anneaux de pacotille, depuis que le trou de chair a été comblé puis transpercé à nouveau. En matière de dépouillement, je fais mieux que maman, qui avait deux bagues et deux pendentifs. Je bats mamie qui aimait les bijoux et ne sortait jamais sans s'en être parée. Son collier en lapis-lazuli que j'admire depuis plus de cinquante ans et que je n'ai porté que deux fois est suspendu au luminaire droit. Sur celui de gauche, le collier en perles de verre rouge de Jean-Michel que, depuis trente ans, je mettrai bientôt. Élément qui fait tache sur l'étagère épurée : un échantillon de masque au charbon pour peeling naturel que je n'ai toujours pas eu le temps de poser sur mon visage et que je n'arrive pas à mettre à la poubelle. Au-dessus du lavabo, une illustration trouvée récemment dans une brocante : une enfant a assis son chien sur une chaise haute et lui brosse les dents. Dans la douceur des flammes artificielles, face au miroir rond comme une pleine lune, je me distingue suffisamment pour reconnaître que j'ai les traits de maman et c'est très bien ainsi : comme je lui ressemble beaucoup, elle me tient compagnie.

À pas de loup, guidée par la lumière de ma liseuse, je rejoins Etor dans notre chambre. Au pied du lit, de mon côté, la trousse de toilette verte à boutons de rose qui appartenait à maman. Je ne sais plus comment elle est arrivée dans ma vie, si je l'ai demandée à papa, si je l'ai prise car elle était vide, mais l'était-elle ? Y avait-il encore le Teraxyl ? La crème réparatrice ? Béance dans ma mémoire. C'est ma première trousse de toilette, mon armoire ambulante. Dans la pochette intérieure, j'ai glissé un gros élastique et des pinces. Tantôt j'attache mes cheveux en queue-de-cheval façon Lili qui a vieilli mais qui n'en reste pas moins espiègle, tantôt je trace une raie au milieu pour reproduire la coiffure en bandeaux d'Isabelle Adjanne-Brochet. J'abuse énormément du mascara. Il n'est jamais trop tard. Pour m'introduire dans la nuit, je glisse deux boules de cire molle dans mes oreilles, habituées depuis le soir où j'en avais emprunté à mamie qui ne dormait jamais sans. Je voulais expérimenter l'effet de se sentir coupée du monde. J'y avais pris goût instantanément. Maman affirmait que j'étais le portrait craché de ma grand-mère. « Tu n'y peux rien, c'est dans tes gènes ! » me disait-elle quand je tentais de me défendre. Je lui ressemble peut-être dans mon comportement innocemment égoïste, mon amnésie pour les mots blessants, ma façon toujours gentille de trouver une solution à un problème en demandant à quelqu'un d'autre de le résoudre, ma paresse à lire les modes d'emploi, ma confiance en la fatalité. Ces mêmes gènes sont certainement très actifs dans ma manie de balancer au sol, par un coup de torchon, les miettes restées sur le plan de travail de la cuisine et ensuite passer l'aspirateur, tout cela pour ne pas me salir les mains avec une éponge mouillée.

Serai-je une grand-mère dévouée comme le fut ma mère dès la naissance de mon premier enfant et à cinquante-six ans, comme elle ? Peut-être aimerai-je offrir des « fantaisies », ce que me proposait toujours mamie pour partager un moment avec moi.

« Elle adore se regarder dans la glace, me dit sa maman quand elle me tend l'enfant. » Elle sait que je meurs d'envie de l'avoir contre moi.

Je me tourne vers le miroir de l'entrée. J'ai assis ma petite-fille sur mon avant-bras droit. Je maintiens son buste avec le creux de ma main gauche. L'enfant regarde ce qu'il se passe dans le reflet. Un sourire apparaît sur son visage, puis une lumière encore plus vive se lève au fond de ses grands yeux : elle a aperçu le visage de celle qui la garde contre elle et qui lui sourit. Elle nous observe. Elle rit aussi, parce que je ris moi-même. Ses doigts s'animent autour de sa bouche. Nous nous étudions, chacune à notre manière. Loin de « la Vierge à l'Enfant », je suis devenue « la Grand-mère à la Fillette ». Simplicité de cette relation. Apaisement. Relâchement. Seule existe la sensation du poids de l'enfant sur mon bras.

L'énergie de sa vie. La vibration du son qui sort de sa bouche pendant qu'elle y farfouille avec ses petits doigts.

Paul a fait couler le bain rituel du soir. Il voudrait bien que j'y assiste. Je rechigne dans ma tête car je n'ai plus envie de me pencher vers le fond d'une baignoire. Je l'ai tant donné, ce bain, à mes enfants, celui durant lequel ils jouaient et jouaient. Criaient et riaient. Paul a mis la radio : un chanteur aimerait quand même dire que tout ce qu'il a pu écrire aura longtemps le parfum des regrets. Je m'approche. La petite fille est déjà dans l'eau, assise sur son support. Elle continue à se mordiller les doigts. Je n'ose pas regarder sa peau, son petit corps démuni. Paul fait mousser sur l'éponge un liquide aux effluves très ténus. Il est accroupi contre la baignoire. Je vois la nuque fine et délicate de mon fils. Elle fut si moelleuse, si pleine de chair, appelant à être sans cesse embrassée. Je me détourne. Face à moi, un miroir mural. Je baisse les yeux vers le meuble à tiroirs. J'en ouvre un : apparaît un flacon de talc avec sa fleur de calendula, à l'arôme si troublant du temps lointain où je rôdais autour de maman quand elle changeait mon frère.

Je me couche dans la chambre annexe à celle de ma petite-fille. J'attire la trousse de toilette vers moi pour trifouiller à l'intérieur, à la recherche de gouttes oculaires hydratantes ainsi que de boules Quies afin de m'isoler tout en sentant la vie légère du petit enfant, juste de l'autre côté du mur. Peut-être qu'un jour elle la convoitera, cette trousse toujours ouverte, pour en renifler les élixirs mystère. Les yeux ouverts dans le noir, me revient à la mémoire un air lointain et langoureux : « Obao bain moussant », l'hymne du moment rien qu'à soi. J'ai hâte d'être à demain pour bercer l'enfant sur cette mélodie, car chanter « Obao » à sa petite-fille, c'est comme avoir pris des milliers de bains moussants.

Je dirai oui à Etor pour la douche.

Je l'imagine encore, l'enfant sage. Un jour, elle rencontra l'armoire à trois faces. Dessoclée de la salle de bain-couloir, elle a été conservée dans une pièce d'appoint sous les combles. Branlant et serviable comme une vieille nourrice, le meuble officie encore pour contenir un lait-crème à l'étiquette fanée, de la mousse à raser, un unique rasoir dans l'intérieur d'une porte depuis sans doute vingt ans, un bouchon à vis, long et concave, dont on se demande bien de quel tube il fut le fermoir. La fillette fait glisser le tabouret sous le meuble et se hisse de tout son jeune corps. Elle ouvre un tiroir au parfum fluoré, un autre où quelques traces de rouille subsistent qui authentifient son ancienne fonction de réceptacle à objets métalliques. L'enfant s'intéresse surtout aux miroirs. Elle avance son museau frais comme celui d'un chevreuil vers le reflet principal et active les deux battants jumeaux, si fins et si dociles. Elle prend vite de l'assurance et ouvre les volets pour observer son visage se démultiplier. Ses yeux se perdent dans l'infini. Elle voudrait bien l'avoir pour elle toute seule, cette armoire de toilette. C'est le meilleur placard à jeux, surtout les mercredis après-midi quand on s'ennuie.

Remerciements

Je remercie Martine Saada, mon éditrice et mon soutien fidèle depuis tant d'années.

Les termes de l'ouvrage qui ne sont pas des noms propres mais qui portent une majuscule sont des marques déposées auprès d'un organisme de propriété intellectuelle et dont les droits d'exploitation appartiennent à des tiers. Ils ont ici seulement vocation à illustrer le récit de l'auteur sans qu'aucun lien ou partenariat de quelconque nature ne puisse être établi avec l'éditeur.

DE LA MÊME AUTRICE

SI PETITES DEVANT TA FACE, Seuil, 2001

TRAJET D'UNE AMOUREUSE ÉCONDUITE, Seuil, 2005

LA FORTUNE DE L'HOMME, et autres nouvelles, Seuil, 2008

UN TOUR EN VILLE, Seuil, 2009

LE GRAIN AMER, Seuil, 2015

LA FILLE ET LE ROUGE, Grasset, 2019

Composition : IGS-CP
Impression : CPI Bussière en mars 2024
Éditions Albin Michel
22, rue Huyghens, 75014 Paris
www.albin-michel.fr

ISBN : 978-2-226-48274-7
N° d'édition : 25409/01 – N° d'impression : 2076919
Dépôt légal : avril 2024
Imprimé en France